真夜中プリズム

沖田 円

JN243250

STARTS
スターツ出版株式会社

世界が輝く方法は、
たったひとつではないらしい。

目次

真夜中プリズム

プロローグ　陽光ミラクル

『On your marks――』

なぜそのときだけ顔を上げたのかわからない。

真夏の、濃い青色をした晴れた空の日。

殺人的な陽射しにうんざりしながら、どうしたらこの場から逃げ出せるのか、その方法ばかりを考えていた。暑いのは嫌いで、夜ならまだしも昼間なんてなおさらで、興味もないのに無理やり連れてこられたこの場所を体中が拒否していた。

競技場の観客席は人でいっぱいだ。でもみんな、何をそんなに見たくて何に興奮しているのか前列にばかり集まっているから、最後列のここはがらんとしていて、自分ひとりがぽつりと浮いていた。一緒に来ていたはずの人たちもいつの間にか消えていて、隣の席には大量の荷物ばかりが積んであった。

頭からかぶった大きなタオルの中でうちわを扇いだ。でも扇ぐ動作すらだるくて、おまけに起きる風もぬるくて、すぐにうちわは大荷物の中に返却した。

段々畑みたいに並んだ客席で、見る人たちはみんな信じられない元気さで常に大声を上げている。

声は、観客席の向こう側に投げられていた。楕円《だえん》のコース――トラックっていうらしい――を走ったり、コースの内側で飛んでいる人たちに向けて、声援を送る。

この大会は、全国で一番を決める、選手たちにとっては夢のような大会なんだって聞いた。いくつもの予選を勝ち抜いてきた人しか出ることができない、年に一回の、夏の大きな大会。だからみんなすべてを懸ける。自分の全部を出しきって、他の誰にも負けないために。

まったく理解ができなかった。この大会の話を聞いていたときも、今、実際に見ていても。こんな立っているだけで溶けてしまいそうな炎天下で余計に汗を掻《か》くようなことをして何が楽しいんだろう。こんなことをする意味がわからない。暑くて疲れるだけなのに、わざわざこんな、つまらないことを。

競技をしている人の気持ちも、それを応援している人の気持ちも、何ひとつわからなくて、眺めるのにも嫌気が差してきたから膝を丸めて顔を埋めた。かぶったタオルの向こうから、声援がくぐもって聞こえていた。早く帰りたい。そればかり思っていた。

だから、なんでそのときだけ顔を上げたのか、本当にわからない。

偶然だったのかもしれない。たぶん、偶然なんだと思う。

『――Set』

スタートのピストル。歓声。たくさんの音が響く中、でもそのとき一番大きく響いていたのは自分の心臓の音だった。

息を止めて見ていた。なぜだかわからないけれど、大声で泣きたくなった。

――お日様だ。

そう思ったんだ。

たった一瞬だった。十秒と少しくらいで、まばたきを思い出した頃には全部が終わっているような短い時間。

でもそのときに見えた光は、いつまでも消えもしないまま残り続けた。

今もずっと残っている。眩《まぶ》しくて温かくて、いつまでも、ずっと向こうで光っている。

真夏の、濃い青色をした晴れた空の日。その光を見つけた日。

世界は大きく、色を変えた。

第一章　夕焼けエンプティ

「どうかしたの、昴《すばる》」

顔を上げると、前の席の奈緒《なお》が不思議そうな顔で覗《のぞ》き込んでいた。

机の上には配られてきたらしい数学のプリントがあり、見れば隣の席の真面目くんはすでに問題を解きはじめている。この先生の授業はいつもこの流れで、前半に教科書を進めてから、後半に延々とプリントの問題を解かせる。生徒からは少々不評だけれど、自分のペースでやれる分わたしはそんなに嫌じゃなかった。

「どうかしたのって、何が？」

机の隅に転がっていたお気に入りのシャーペンを拾った。プリントの右上の欄にクラスと出席番号と名前を機械みたいに淡々と綴《つづ》る。二年一組十六番、篠崎《しのざき》昴。

「だって昴、ぼうっとしてるんだもん。窓の外向いたまんま、プリント置いたのにも気づかないし」

「ああ、ごめんごめん」

「何、考え事でもしてた？」

「そういうわけじゃないんだけど、なんか暑いなって思ってただけだよ。今日なんて特に蒸し蒸ししてるし」

「確かに、最近急に暑くなったもんね。もう夏が来ちゃったのかな」

先週までの長くやまない雨のあとから、急に気温がぐんと上昇しはじめた。まだ梅雨《ゆ》も明けきらないというのにまるで真夏のような蒸し暑さだ。

　衣替えしたばかりの半袖のブラウスは、風通しが悪くてべたつく肌によく張りつく。緩《ゆる》めたリボンの襟《えり》元を引っ張ると、少しだけ、心地いい涼しさが届く。

　今日も、梅雨には似合わない近くて青い晴れた空だ。こんな日は、やけに呼吸がしづらくなる。

　蒸し暑い空気。生ぬるい風。濃い緑の匂いと、首元を落ちる汗。

「でも本当にそれだけ？　いいものじろじろ見てたとかじゃないの」

「はあ？　いいものって何？」

　近づいてくる強めの目力に思わず顔を背けたら、その隙を突かれ、プリントの隅にブサイクな猫の落書きをされてしまった。

「ちょっと、これ、提出するやつなんだけど」

「この可愛《かわい》いの見て、先生が点数上げてくれるかもよ」

「上げてくれるなら毎回力作描くっての。嫌がらせ禁止だよ、ちゃんと消してね」

「昴が何を熱心に見てたか白状したら消してあげるよ」

「見てたって、だからなんのこと？」

「あ、とぼける気だな」

　奈緒は「ふうん」と口の中で呟《つぶや》いて、ついと窓の外を指差した。その先には賑《にぎ》やかな緑ジャージの群れがある。グラウンドで体育中の、一年生のどこかのクラスだ。

男子はサッカーをしている。女子は、通常なら男子とは分かれて違う種目をするはずだけれど、なぜだかあのクラスの女子の大半は授業そっちのけでサッカーコートのまわりに集まっていた。

コート内では、十数人の男子たちが楽しそうに、それこそここまで聞こえるような大声で騒ぎながら走り回っていた。ただ、その中で、時折男子よりも女子の声のほうが大きくなるときがあった。それはとあるひとりがボールをもらうたびに巻き起こる歓声。

「ほら、今ボール渡ったよ。あの子でしょ」

「あれって、確か」

「そ、噂《うわさ》のマナツくん。相変わらず目立つよね。オーラが違うんだもん、芸能人みたい」

見る限り、あまりやる気はなさそうなのに（そもそもそんなにサッカーが上手でもなさそうだ）、周囲の女子の声援はほとんど全部がその人ひとりに注がれているらしい。早々にボールを手放したのに、まだ声はやまないまま、注目からは外れないまま。上から見ている奈緒の視線だって、まるでテレビの中のアイドルを見ているのと同じようなそれだ。

確か……宮野真夏《みやのまなつ》、って言ったっけ。

校内どころか、他校でもこの地区でなら知らない人はほとんどいないと思う。入学時から校内外で騒がれている一年生。

彼は勉強ができるわけでも、スポーツで活躍しているわけでもない。素行が別段派手ということもなく、ならなぜこれほど目立っているかといえば、単純に、誰もが振り向いてしまうほど人目を引く容姿をしているからだ。

何度か近くで見かけたことがある。確かに、あれほど綺麗《きれい》という言葉が似合う男の子は他にいないと思う。イケメンと言える人なら校内に何人かいるけれど、とてもじゃないが同じ部類には括《くく》れないし、人気俳優でもない限りどんなイケメンも彼の前ではただの人、どころか下手をすると芸能人でさえくすんでしまうかもしれない。

宮野真夏は別次元の人というか、雲の上の人というか、とにかく「ふつう」とは違う「特別な人間」であるらしい。

つまり、この学校では芸能人がすぐそばにいるようなものなので、みんなが騒ぐのも無理はない。当然人気も桁違いで、告白する子があとを絶たず、噂だけなら毎日聞くうえ実際に現場を目撃したことも何度かある。嘘《うそ》か本当かファンクラブもあるって話だ。これほどの人気なら、そのうち本当にテレビの中で見かけるかもしれない。

「よし、目の保養になった。今日もひと目見られてよかったなあ」

奈緒がしみじみと呟いた。

「やっぱり一日一回は見ないとね。心のうるおい補給のために」

「それって、こんな遠くからで十分なの？」

「あたしは欲張らない女だからね。昴はどう？　あんたってメンクイだし意外とミーハーなところもあるから、近くで見たいって思っちゃう？」

奈緒がわたしの机に頬杖《ほおづえ》を突いたまま首を傾《かし》げる。教卓からの先生の視線が痛くなってきたけれど目を合わせないようにした。あの先生、滅多《めった》なことでは直接は怒ってこないのだ。代わりに、よく担任に告《つ》げ口はされる。

「ううん、どうかな。かっこいいとは確かに思うし、実際たまに近くで見られたときは妙にそわそわしちゃうけど」

「うん、それわかる」

「ただ、わたしも奈緒と一緒で、遠くからたまに見かけるくらいでいいかな。近づきたいとかは思わないよ」

サッカーコートのそばで甲《かん》高い声を上げている子たちや、勇気を持って告白する子たちみたいにはならなくていい。決してあんな特別な人と同じ場所にはいられないことはわかりきっているのだから、自分にとってちょうどいい立ち位置から動かないのが一番だ。わたしにとっては、群衆の中が心地いい。

「だよね、それくらいがいいよ。あんな美人さん、しょっちゅう見てたら自信なくしそうだし」

「あは、何それ、そんな理由？」

「だって女装させたら絶対あたしより可愛いでしょ。隣歩ける自信ないわ」

「何言ってんの、奈緒だって負けてないよ」

「本当に？　信じちゃうよ、その言葉」

奈緒は笑ってから、先生の咳払いに渋々座り直し、前を向いた。途端にしんと静かになる。十二を回った秒針に合わせ、時計の長針が、トンとひとつ前へ進む。

奈緒の細い背中についた髪の毛を払ってから、こつんとひとつめの問題の上にシャーペンの先を落として、そのまま、もう一度、グラウンドに目を向けた。歩いているみたいにゆっくりコートを走っている姿に、目も合わせてもらえないくせに、女の子たちはいつまでも手を振って騒いでいる。

うん、近づくのは、やっぱり嫌だな。だってあんなにたくさんの人の注目を常に受け続けるのは絶対に大変だろうから、わたしは大勢の視線の先にはいたくない。

「……」

まあ、何を考えたところでいらぬ心配というやつだ。関わることなんてないだろうし、そもそも関わりたいと思ったところで無理な相手だ、近づきたくないなんて思わなくてもどうせ最初から近づけやしない。居る世界が、まるで違うのだから。

またひとつ、高い声がここまで届いたところで、シャーペンを持ち直してプリントと向き合った。今の今まで考えていたことはあっという間に忘れて、覚えたばかりの公式を、プリントの空白に適当に書いた。


「じゃあ昴、あたし行くね」

帰りのホームルームも終わり、放課後になると、奈緒は早々に鞄《かばん》に必要なものだけを詰めて軽そうなそれを背負った。合わせて抱えるのは、ソフトテニス部メンバーお揃《そろ》いのジャージと、大事な道具の入ったラケットケース。少しだけ、乾いた砂の匂いがする。

「準備早いね、いってらっしゃい」

「昴はまっすぐ帰る？」

「職員室寄ってからね。奈緒は今日も遅いんだよね。次の大会、近いんだっけ」

「うん、来週にね。せっかく一番手任されたんだもん、死ぬ気でやんないとね。今年の夏は絶対に去年よりも上に行きたいから」

開いた窓から入り込んだ風が日に焼けた奈緒の短い髪を揺らした。眩しくて、思わず少し目を細めてしまう。

「応援してるよ。頑張って」

奈緒はほんの少しだけくちびるを結んだけれど、すぐに表情を戻して、握った右手をわたしの前に突き出した。

「ありがと昴。頑張るね」

「うん」

奈緒の作ったグーに、わたしのグーをごつんとぶつける。

また明日、と奈緒を見送ったあと、開けっ放しの窓の外からは、夏の気配がしていた。


「失礼します」

気温が高くなるのに合わせて、職員室のクーラーの設定温度はぐんと下がったような気がする。ドアを開けると冷たい空気が一気に流れ出してくるから、まるで冷蔵庫の中でも覗いているような気分になってしまう。暑すぎるのはだるいけれど、こんなところよりは外にいるほうがずっとましだ。

奥に行くにつれ冷たくなる、デスクの間の細い通路を、なるべく大人しく目立たないように足早に歩いていく。

「高良《たから》先生。日誌、持ってきました」

「おう、篠崎か。ご苦労さま」

職員室の真ん中あたり、誰より汚いデスクの前に座る担任に、四隅がぼろぼろの分厚いノートを手渡した。

これで仕事は終了だ。次の日直は確か二学期まで回ってこないはず。黒板を消したり号令をかけたり中身のない日誌を書かされたり、日直の仕事って面倒なわりに何ひとつ益がないから嫌いだ。

「もうほんとお前らさ、もうちょいちゃんと書けよなあ。なんだよ所感のこの『購買のパンがおいしかった』って。言われなくても知ってるっつうの」

高良先生がぺらぺらとノートを捲《めく》りながらため息交じりに呟く。咥《くわ》えているのはよく舐《な》めている棒つきの飴《あめ》だ。タバコをやめてから口が寂しくなってな、というのを尋ねてもいないのに聞かされたことがある。

「まったくさあ、こんな当たり前のこと書くのなら、担任の高良センセーがイケメンすぎて困っちゃう、くらいのこと書けねえのかな。気が利かないいんだから」

「書いてほしいなら今から書きますよ」

「いいよ、なんか逆に悲しくなるだろ」

日誌をパタンと閉じると、高良先生は眉を寄せて笑った。

きっと冗談で言ったのだろうけれど、高良先生がイケメンだということについては学校中のみんなが認めるところだ。背が高くて、スポーツも得意で、この時期はいつも日に焼けていて。一年生の噂の彼ほどではないにしろ生徒からの人気は高く、バレンタインの日には女子生徒からのチョコをもらいすぎて学年主任から怒られているのを目撃した。

おまけに先生は、女子票だけでなく持ち前の気さくさで男子票も多く集めている。そこは噂の彼とは違うところだ。

生徒にとって、自分たちと近い目線で接してくれる若い高良先生は、頼りがいがあり憧れもする、他のどの教師より信頼できる先生らしい。たとえば怒りっぽくて嫌われている学年主任と比べれば、人気の差は歴然で、まるで月とスッポン。雲泥。鯨《くじら》と鰯《いわし》。おかげで最近少し気まずいんだからな、と思わず愚痴をこぼすほど、高良先生は生徒からの厚い支持を一身に引き受けているのだ。

そしてそんな高良先生は、わたしにとってはみんなより、もう少し特別な先生だった。

担任になる前から——この高校に入学するよりも前、中学時代に出会ったときから高良先生にはお世話になっている。わたしを見つけてくれた人たちの中で、高良先生が一番身近になって同じところを向いてくれる人だった。だからわたしはこの高校を選び、高良先生のそばを選んだのだ。

誰より信頼し、尊敬している。不思議なほど強くこうまで思うのは、たぶんわたしよりも先に先生のほうが、わたしに対して――まだ中学生だったわたしに対して、純粋な信頼と尊敬を向けてくれたからだと思っている。一方的ではなく、お互いに同じ思いを向け合ったからこその特別な繋がりだ。

それなのに、先生の期待を裏切ってしまったことを、わたしは今も申し訳なく思っている。

「じゃあ先生、失礼します」

「ああ待った待った」

用事も済んだので帰ろうとすると、高良先生に呼び止められた。職員室にはあまりいたくはないのに、さすがに無視もできず仕方なく振り返る。

「篠崎、今日はもうこのまま家に帰るのか？」

「そりゃ、他に用事もないですし。奈緒が部活なんで。あ、先生、寂しい女子高生だなって思ったでしょ」

「まあ少しは……って、そうじゃなくて。なあ篠崎」

「はい？」

「おまえもう、部活はしないのか」

先生の顔を、じっと見てしまった。

答えるのにそんなに間は空けなかった。「はい」と答えた。

高良先生がため息を吐《つ》く。続けて何を言われるかと少し身構えたものの、先生は「まあそれならいい」とあっけなく話題を終わらせ、机に頬杖を突きつつわたしを見上げた。

「おまえさ、確かバイトもしてないんだろ？」

「はい、まあ……そもそもうちの学校バイト禁止じゃないですか。そんな堂々と聞かないでくださいよ」

「こっそりやってる奴らなんてたくさんいるんだろ、おれのときもそうだったもん。なあ篠崎、暇ならちょっと、頼みたいことがあるんだけどさ」

……頼みたいこと？

首を傾げると、ちょいちょいと手招きをされたから、そっと顔を近づけた。すると先生はわたしの手に何かを落とし、小声で言った。

「これ、開けといてくれないか？　約束してたんだけどさ、おれはこれから部活があるから」

お駄賃代わりの先生お気に入りの飴と一緒にわたしの右手に落とされたのは、すっかり冷房で冷やされた、一本の銀色の鍵だった。

目を合わせると、高良先生は悪戯《いたずら》っぽい顔で人差し指をくちびるの前に立てる。

「言っておくけど、こっそりな。誰にも内緒だぜ」

「はあ」

「じゃ、よろしく頼むな」

ぽんとわたしの肩を叩《たた》き、先生は席を立ってその場を離れた。

わたしはしばらくその場でぽかんと、首を傾げたままだった。


人けのない廊下を歩きながら、つまんだ鍵を目の前に掲げてみる。ごくごく普通の鍵だ。新品どころか随分古そうに見えるのは、鍵本体もだけれど、一緒についているキーホルダーの金具がやけに錆《さ》びているからだ。

黄色い星のキーホルダー。揺らすと、鍵とぶつかってカシカシ小さな音を立てる。

「……てゆうか」

これ、一体どこの鍵だろう。

開けておいてくれ、と頼まれたのはいいものの、一番大事なことを聞き忘れている し、先生も一番大事なことを言い忘れている。どこの鍵かわからなければ鍵があっても開けようがない。

ためしに、たまたま通りがかったところにあった社会科準備室の鍵穴に差し込んでみた。でももちろん開かない。だよねえと、ため息が出た。

本当にこれ、どこの鍵なんだろう。

今の時間なら部活で使っているような場所はどこも開いているはずだから、鍵がかかっているところとなると、理科室や視聴覚室だろうか。いや、そもそも教室の鍵とは限らない。学校ってよく見ればドアだらけ、そして鍵穴だらけだ。

……校内をひたすら歩き回る自分の姿を想像して、気が遠くなって思わず開いた窓から鍵を放り投げそうになった。

けれど、すんでのところで振り上げた手を止めたのは、高良先生が「こっそりな」と言っていたのを思い出したからだ。確か、誰にも内緒、とも言っていたような。つまり本来なら開けてはいけない場所、もしくは生徒が勝手に入るのを禁止されている場所という可能性がある。

となると応接室か校長室……だけどそんなところ頼まれたところで開ける勇気なんてない。それと、他には。

「あ」

長い廊下の一番端に、四階建ての校舎を縦に繋ぐ階段がある。

三階の音楽室からこぼれる吹奏楽部の音色を追い越し、辿《たど》り着いた最上階から、さらにもうひとつ上へ進む。普段は行かないその先は立ち入り禁止になっていて、紐《ひも》と貼り紙でしっかりバリアが張られていた。が、気にせず跨《また》いで残りの階段をのぼりきる。最後の一段を踏みつけた先にはすりガラスのはめ込まれたドアがある。

ドアノブの中心には鍵穴があった。そこに、持っていた鍵を差し込んでみると、思いがけずスムーズに奥まで入った。

回すと、カチリと、音が鳴った。


屋上に来たのははじめてだ。大体想像どおりで何もなく、取りつけられた柵はところどころ錆びていてなんとなく心許《こころもと》ない。

空が近いとは思わなかった。授業中に見たときと変わらず、梅雨とは思えないくらい綺麗に晴れていた。

手の中の鍵が本当に屋上の鍵だったのには驚いた。半信半疑どころか九割は疑っていたから、一度じゃ信じられなくて、閉め直してもう一回開けたところで、ようやく「屋上の鍵なのだな」と認識した。なぜ高良先生がこんなところの鍵を持っているのか、そしてなんのために開けるのかは気になるところだけれど、部活が終わる時間までは先生は来ないだろうから今は確かめようもない。とにもかくにも頼まれ事自体は果たせたのだから、この意味を知るのはあとからでも構わないだろう。なくさないように鍵を胸ポケットにしまい、代わりにさっきもらった飴を取り出した。

微《かす》かに吹奏楽部の奏でる音楽が届くものの、屋上は静かで他に人の気配はなく、開け っ放しのドアの向こうからも、誰も現れそうにない。

飴を口の中で転がしながら柵のそばに近づいた。ここからは校庭がよく見えて、奈緒がいるはずのテニスコートも五面全部を眺められる。

どの部活も活動をはじめていた。テニスコートの隣のグラウンドでは、いくつかの部活がお決まりの場所を陣取ってそれぞれの練習メニューをこなしている。奥では野球部、隣にソフト部。手前のほうではサッカー部とハンド部。道着でランニングをしているのは柔道部で、それから。

——弾《はじ》けるような音が、響いた。

それを合図に、地面に引かれた直線の間を真っ直《す》ぐに駆け抜けていく姿がひとつ。

100メートル。短く長いその距離を、他の誰よりも速く、ゴールまで。

『On your marks——』

聞こえるわけがないのに、耳元で聞き慣れた合図が聞こえた気がした。呼吸を止める。

遮るもののない直線が目の前に浮かぶ。そこを行くとき、走っているという感覚はなく、ただどこまでも体が勝手に前へ前へと向かっているように思う。まるで空を飛んでいるように——自分の背中に、大きく自由な羽が生えたかのように、遠くに浮かぶ光を追いかけて進む。

いつだってあの光を追いかける。

一歩踏み出すごとに広がる鮮やかな景色と、その向こうで輝く心が燃えるような光に焦がれて、もっと速く、速く、速く、前へ進むことだけを考えた。

世界がどこまでも広がるようにと。

「……」

息を吸うと直線が消えて、まわりの景色が戻ってきた。心許ない柵と、背の低い木と、たくさんの人がいる校庭。

100を走りきったランナーがゴールラインへ飛び込むのが見えた。

ペンキの剝《は》げかけた柵を両手で握りしめて、無意識に、くちびるを噛《か》んだ。

強い風が吹く。

「あ、水玉」

振り返った。

誰もいなかったはずの——誰も来ないと思っていたはずの開けたままのドアの前に、大荷物を抱えた男子生徒が立っていた。

顔にかかる髪を押さえて、風がすり抜けていくのを待ってから、目が合ったその人は、眩しそうに目を細めた。

驚きは、いつの間にか人がいたことよりも、立っていた人そのものに対してのほうが大きい。

――宮野真夏。

あの宮野真夏が、立っている。

「……なんで」

なんで、宮野真夏がここに？

いや、ここにいるのが誰かなんて今は関係ない。内緒でと言われていたのに他の生徒に見つかって、おまけに屋上に入ってこられただなんて、非常にまずい。階段の下からは見えないからと、ドアを開けっぱなしにしていたのが間違いだった。しかも『水玉』ってもしかして……。パンツ、見られたかも……。

「あのさ」

思わずびくりと肩が揺れた。でも宮野真夏は気にもかけない様子で、足音を響かせずに歩いて、広い屋上の真ん中あたりで立ち止まる。

「何してんの、ここで」

それはこっちのセリフなんだけど。とは当然言えずに、わたしは口を半開きにしたまま宮野真夏を見ていた。

宮野真夏は、持っていた大荷物――筒状のバッグふたつと四角い手さげひとつを、丁寧に足元に下ろして、ゆるりと空を見上げた。

「ここの鍵、順平《じゅんぺい》くんが開けてくれるはずなんだけど、どうやって入ったの？」

黙ったままでいたら、宮野真夏がこちらを向かないままで聞いてきた。

ジュンペイクン？　誰それ。

あ、そういえば、高良先生の下の名前がそんなのだったような。

「えっと、わたし、高良先生に頼まれて。先生は部活があるから、代わりに開けておいてって、あの、鍵を預かってですね……」

しどろもどろに答えると、宮野真夏がようやくこちらに視線を向けた。でも「ふうん」とひとつ呟くと、また空へと戻してしまった。

終了。沈黙。

体中に変な汗が流れて、手のひらのそれをスカートの裾でこっそり拭《ぬぐ》う。

そちらこそ一体何をしているの？　その大荷物は何？　高良先生とはどういう関係？　ここ、立ち入り禁止なのにどうして入れちゃうの？

聞きたいことはいろいろある。けれど、聞く度胸はひとつもなかった。宮野真夏のことは一方的に知ってはいるけれど、もちろんそれだけであって、話したことは一度もないし、これからだってないと思っていたのだ。急に屋上で出くわすなんてハプニングに対応できるわけがない。話しかけるどころか、気まずさに呼吸もしづらいほどだ。

もうこれは、素知らぬ顔で立ち去るしかない。向こうとしてもわたしにいられると邪魔だろうし、早めに逃げるのがよさそうだ。

「じゃ、じゃあ、わたしはこれで」

なのに。

「待って」

どうしてか、本当にどうしてかわたしを呼び止めるそのひと言に、立ち止まって、ぎこちなく振り返れば、綺麗なお顔が数歩離れた距離からわたしのことを見ていた。

「もうすぐ日が暮れるから、ここにいたら？」

何それ。ふつう「もうすぐ日が暮れるから早く帰れば？」じゃないの。日が暮れるからってここにいる理由はなんなんだ。

そもそも、どうして呼び止める必要があった？　わたしのことなんて、放っておいてくれればいいのに。

「それともなんか、これから用事あった？」

「え、いや。ない、けど」

あ、しまった。あるって言えばよかった。今のは自然な流れで帰るチャンスだったのに。

「ふうん。じゃあここにいなよ。いいもの見られるよ」

「い、いいもの？」

「もう少し待つけど」

それってなんのことですか、と聞こうとしたけれど、もう彼の視線はこちらには向いていなかった。さてどうしようかと一応悩んでみたものの、さすがにここで帰る勇気はなく、諦《あきら》めて、数歩分の距離を空けた場所に並んだ。

どこかを見上げたままの整った横顔は、真夏のような濃い青色の空に、見とれるほど映えている。しかし思っていたよりも背が低く目線が近い。栗色の髪は柔らかそうで、鼻とかくちびるも小さくて、まるで女の子のようだ。

宮野真夏。芸能人みたいな美形で、うちの学校で一番の有名人。入学時から学年問わず女の子たちを騒がせていて、告白する子もあとを絶たず。言わずもがなの人気者だ。

でも、こういう噂もある。

宮野真夏は、少し変わっている。

「……」

宮野真夏が見ている空には何もなかった。梅雨らしくない晴天の今日は雲すらなく、どこを眺めても嫌味なくらい空の青しか見当たらない。待つ、というからには、しばらくしたら何かが現れるのだろうけれど、今のところその気配はなく、景色は微動だにしなかった。これだけ変わらないのなら、時間が止まってしまっても気づかなそうだと思った。

グラウンドから、ピストルの音が聞こえる。

「宮野真夏」

ふと、隣の人が言う。目を向けて、ぽかんとしていたら、聞こえなかったとでも思ったのだろうか、少し眉を寄せながら「宮野真夏」と繰り返した。

「はあ」

「おれの名前」

「はあ」

あ、なるほど。自己紹介をされたのか。そんなもの必要と思わないくらいこちらはとっくに知っていたから忘れていた。そういえば、わたしたちって初対面だ。

「センパイは?」

「あ、え、センパイって、わたしのこと?」

「あれ、違うの?　センパイだよね。リボン赤いし」

わたしとしては、わたしなんかに名前を聞いているの?　というつもりで聞き返したのだが、宮野真夏は〝センパイ〟に疑問を抱いたのだと思ったらしく、つんと自分のネクタイを指差した。彼のそれは一年生の使っている緑色、同じ位置にあるわたしの胸元のリボンは、二年生を示す赤色だ。

「あ、そうです。センパイです」

「だよね。きょとんとしてたから間違えたのかと思った。センパイのはずなのに」

「えっと、ごめん、別にそこが気になってたわけじゃないんだけど」

「で、センパイの名前は？」

さっきよりもはっきりと、宮野真夏は聞いてきた。

やっぱり、間違いなく、名前を尋ねられているらしい。宮野真夏に名前を聞かれただなんて奈緒に言ったら死ぬほど羨《うらや》ましがられそうだ。面倒だから、言わないけれど。

「篠崎、昴、です」

「スバル？」

答えると、宮野真夏がなぜか目を見開いた。そして確かめるようにもう一度「スバル」と呟くから、一瞬、もしかしてこの名前を知っていたんだろうかとどきりとしてしまった。けれどももちろん、そんなことはなく。

「すごく、素敵な名前だ」

「へ……へぇっ？」

「センパイの名前、すごくいいね。スバルか。羨ましい。いい名前だ」

「えぅえ」

恥ずかしげもなく宮野真夏は言い、思わず漏《も》れた変な声と恥ずかしさで死にそうなわたしの赤面にはお構いなしに、きらきらと輝いた大きな瞳をふたたび空へと向けた。

「四百四十光年」

独り言のように宮野真夏が呟く。

「えっ……と、何が？」

「おれとスバルの距離」

「は？」

きみと、わたしの距離？

それは月とスッポン的な比喩《ひゆ》ということでいいのだろうか。おれとおまえは天と地ほどの差があるぜ、みたいな。うわ、まさか急に、遠回しと見せかけたド直球で馬鹿にされるとは……。引き止めたのは自分のくせに、やっぱりわたしが屋上にいることを不満に思っていたということか。高良先生じゃなくてわたしが来たことを怒っているのかもしれない。

でも、さすがに四百四十光年は言いすぎのような気がする。宮野真夏が別格なのは認めるけれど、いくらなんでもそこまで離れているだろうか。

……うん、離れているだろうな。どこも釣り合いそうなところがなくてちょっと泣ける。遠いなあ。そうだよね。光の速さで四百四十年。

それって、どれくらい遠いんだろう。

「知ってる？　センパイ」

少しぬるい風が吹く。宮野真夏が、近い太陽の光を体全部で受けて不透明の空を指差す。

「おうし座の、肩のところにあるんだ。プレアデス星団」

「プレア、です？」

「スバルっていうのはプレアデス星団の和名なんだけど、地域によっていろんな呼ばれ方があるんだ。六連星《むつらぼし》とか、六曜星《りくようせい》とかね。これ、肉眼だと六個の星が集まっているように見えるからなんだけど、本当は百二十個の星が集まっててね、たくさんの星がぎゅってかたまってひとつになってるから『統《す》ばる』って名づけられたんだ。鈴なり星なんて呼び方もあるんだって。素敵だよね」

ここでようやく気づいた。なるほど彼はわたしのことを言っているんじゃなくて、星の〝スバル〟の話をしていたらしい。四百四十光年は、わたしと宮野真夏ではなく、地球とスバルとの距離だ。

「それぞれの星にはね、ギリシャ神話のプレイアデス七姉妹の名前とかがつけられてるんだ。冬になれば、アルデバランやオリオン座と一緒にすごく綺麗に見えるよ」

まだまだ星なんてどこにもありはしないのに、まるで全部が透けて見えているみたいに宮野真夏の目は遠いところを見たままだ。

笑った横顔に少し驚いたのは、今まで何度か見てきた宮野真夏の姿の中に笑顔が一度もなかったからだ。どれだけ周囲が騒いでいたって本人はにこりともしない、というのは、決してわたしの見方ではなく、学校中での宮野真夏に対する共通認識だ。だから、たぶんあまり笑わない人なのだろうと思っていたのに、今のこんな表情を見てしまうと、少し印象が変わる。

「スバルはいいよね。清少納言《せいしょうなごん》も星はすばるって言ったくらいだ。知ってる？　枕草子《まくらのそうし》の、星はすばる。ひこぼし。ゆふづつ」

「ゆうづつ？」

「宵の明星、夕方に見える金星のことだよ」

宮野真夏がついと西のほうを指差した。つられて目を向けたものの、そこには相変わらず青い空しかなく、もちろん星なんて見えやしない。もしかして、本当に、宮野真夏にはわたしには見えない何かが見えているのかもしれないけれど。

「えっと、なんか、すごく詳しいんだね。古典のこと、じゃなくて、星のことかな」

「星のことだね。好きだから」

視線は空に向けたままで、宮野真夏は腕を下ろした。

好きだから、という潔い答えには納得する。好きなら、それはもう、どこまでも突きつめたくなるし、こんな表情もしてしまうはずだ。

好きという感情は、時々どんな目的よりも強い理由になると思っている。むしろわたしはその思いひとつさえあれば、他に何もなくたって、なんだってできると思っている。

——また、ピストルの音が聞こえた。

「ねえ、センパイはさ、部活やってないの？」

思わず「は？」と聞き返した。その質問は今の流れからはあまりにも脈絡がなさすぎる。まるでわたしの頭の中を、覗かれたみたいじゃないか。

「何、いきなり」

「いや、グラウンドのほう見てたから」

「あ、ああ。なるほど」

気づいていなかったけれど、いつの間にか顔を、空でも隣の美少年でもなく、下に向けていたらしい。無意識って怖いな。

「してないよ。一年生のときに辞めたんだ」

言ってから、失敗したと思ったのは、理由を聞かれそうな言い方をしてしまったからだ。けれど宮野真夏は特に何も聞いてはこなくて「ふうん」と口癖《ぐせ》みたいな相槌をひとつ打っただけだった。きっと最初からそんなに興味がなかったのだと思うけれど、少しだけほぐれてきた空気に、こっちは小さな興味が湧いた。

「宮野くんも部活はやってないんでしょ。この時間にこんなところにいられるのも、帰宅部だからだろうし」

宮野真夏が部活に入っていないことは知っていた。というよりも、どこかに入部していればそれこそ周囲に知られないはずがないから、どこの部にも所属している噂がないということが部活をしていない証《あかし》になる。そして放課後になるとすぐにいなくなるようで、彼の放課後の様子は実は謎に満ちているのだ。熱狂的なファンの子たちが校内や街中を探し回っているらしいけれど、その足取りはなかなか掴《つか》めないでいる、と奈緒が神妙な面持ちで話してくれたことがある。

「もしかして宮野くん、バイトしてる？　わたしも夏休みになったらしようかなって思ってるんだけどさ、学校にばれないところって考えると、難しそうだよね。宮野くんはどんなところでしてるの」

お洒落なカフェの店員さんなんて似合いそうだ。宮野真夏が接客してくれるカフェなら、あっという間に女性客が殺到して有名になるだろう。学校にはすぐに見つかるだろうから、実際に働くには難しいけれど、向いていると思う。

「今はわたし、放課後は何もやってないから、バイトしてるの偉いなって思っちゃうよ。すごいよね」

「真夏」

「え?」

「真夏って呼んで」

「は?」

しばらく見つめ合ってしまった。絡み合った視線に込められているのは決してときめきなどではなく、戸惑いだ。この人との会話、難しい。

「おれ、名前で呼ばれるのが好きだから」

「は、はあ」

「だから、名前で呼んで。おれもそうする。昴センパイ」

う、と思わず唸《うな》った。こんなきらきらした目の、こんな美少年に「昴センパイ」なんて言ってもらえる日が来るとは……。

名前、か。名前。

本人が言うのなら呼び方くらいなんだって構わないけれど、そもそも名前を呼ぶことなんて、この先いつかあるのだろうか。今は、偶然ここで会っただけで、ふたりしかいないのだから話もするけれど、明日にもなればまたお互いただの知らない人同士でしかなくなる。きっと今後こんなふうにお喋《しゃべ》りする機会なんて二度とないと思うんだ。

それに、あったとしても、たぶんわたしは逃げてしまうだろう。宮野真夏と親しく話すだなんてよくも悪くも目立ってしまうようなこと、とてもじゃないけれどしたくない。わたしは「特別な人間」にはなりたくない。いろんな人の目に見られるのも、知らないところで何かを言われるのもたくさんだ。

「……真夏くん」

だから、これきりのつもりで呼んだ。

今のこの誰もいない場所でなら、ふたりきりで話をしていることも名前を呼んでしまうことも、他の誰も知らない自分だけのいい思い出にできるだろうから。

ただ、そんなわたしの考えなんてきっと知らない宮野真夏——真夏くんは、呼ばれた自分の名前に、どうしてかやけに嬉《うれ》しそうな顔をした。

そんなに自分の名前が好きなんだろうか、不思議な人だな。考えていることが、よくわからない。

「あとおれ、バイトなんてしてないよ。部活はやってるけどね」

真夏くんがふいと視線を逸《そ》らした。

「え、部活、やってるの」

「うん。今もその最中」

「今も?」

まさか、放課後に立ち入り禁止の屋上に来てぼうっと突っ立っているだけの部活なんて聞いたことがない。そもそもあの宮野真夏が部活に入っているとして、それを校内の誰も知らないだなんて。

「見てよ、昴センパイ」

きみは一体何部に入っているんだ、との問いかけはできないまま、言葉につられて顔を上げる。

「やっと日が低くなってきたね。最近は日没が遅いから、時間がかかるな」

真夏くんはどれだけ空を見ていても飽きないらしく、わたしにはなんの変化もないように見えるつまらない青空を見上げては、気長に何かを待っている。

「真夏くんは、何を待ってるの」

「夕焼けだよ。早く日が落ちないかなって」

変わらないように見える空でも、確かに太陽の位置は徐々に近くなっていた。まだ青さを保ったままの空は、けれどあと一時間もしないうちにがらっと色を変えるはずだ。冬に比べ随分と昼の時間が長くなったとはいえ、日が落ちてきたと思ったらあっという間に夜になってしまうものだ。

太陽が沈んで、目の覚めるような青から白へ、オレンジへ、そして真っ暗闇へ。青が、引っ張られるように、空から消えていく。

「……わたしさ、夕焼けって、あんまり好きじゃないんだよね」

「そうなの？　なんで」

ついロ走ってしまったことに、真夏くんが返事をしたから、仕方なく理由とも言えない理由を答えた。

「なんだかね、どんどん世界が狭くなるみたいで嫌なんだ。夕焼け空ってもうすぐ夜になる合図だし、真っ暗を呼んでいるみたいで、全部終わっちゃうような気になる」

一時期は、本当に夕日を見ることができなかった。色を変えて沈んでいく太陽と、昼間とはまるで別のものになる空を見るのがたまらなく恐ろしくて、空が青いうちにだけ外を歩くようにしていた。今はもうそんなことはないけれど、それでも好んで青くない空を見上げようとは思わない。夜なんて、なおさらだ。

「ふうん」

真夏くんは、興味があるのかないのかひと言呟いて、一歩二歩と前に出た。

わたしは華奢《きゃしゃ》な背中を見ていた。細い腰の線も色の薄い髪も、わたしのよりもずっと儚《はかな》げで今にも飛んでいってしまいそうなのに、なぜだか何より堂々としているようにも見える。

「おかしなこと言うね。朝も昼も夜も、空は違うけど同じだし、いつだってそこにあるし、まるく繋がっているのに」

真夏くんは背中を向けたまま、やっぱり視線は真上を見ている。

「朝が始まりで夜が終わりだって、一体誰が決めたの。朝が来て昼が来て夜が来る。それでまた朝になる。繋がってるんだから終わりなんてないよ。それにね、真っ暗闇だからこそ、見えるものだってあるんだよ」

――パアンと、ピストルの音が高く響く。太陽は少しずつ近く、でもわたしの憧れた光とはまったく違うものになって、沈む準備をはじめている。

「おれは好きだよ、夕焼け。綺麗だし、そうだね、昴センパイの言うとおり、もうすぐ夜になる合図だし」

真夏くんの指先が真上を指した。まだ薄青で不透明な何も見えない空に、でもそこにある何かを結ぶみたいに長い指先が線を描いていく。

……何が見えているんだろう。わたしの目にはいつまで経っても何も見えやしないのに。

明るくても、何も見えないのに、暗い夜に見えるものなんて本当にあるのだろうか。

「引き止めてごめんね。夕焼け、見てほしかったんだけど、嫌いなら駄目だったね」

真夏くんが腕を下ろし振り返った。

「……ううん、大丈夫」

「もう帰る?」

少しだけ間を置いて頷いた。真夏くんは何も言わずに背中を向けて、わたしは少し早足で、階段の扉まで向かう。

この屋上に来るのは、きっとこれきりだと思った。

「またね、昴センパイ」

答えずに階段を駆け下りた。四階の廊下には相変わらず誰もいなくて、吹奏楽部の音楽もいつの間にかやんでいた。渡り廊下で練習していたトロンボーンの音だけが、長く校舎に響いていた。

◇

次の日。朝のホームルーム後に捕まえるのは失敗したので、四時間目の現国のあとを狙うことにした。現国は、担任の高良先生が担当している。授業が終わって昼休みに入ったとき、わたしはお弁当を取り出すよりも先に、教室を出ていく先生を追いかけた。

「高良先生!」

「ん? おお篠崎か。どうした」

呼び止めた廊下はすでに騒がしく、昼休みというのもあり次々と教室から人が出てくる状態だったため、少しあたりを見回してから、廊下の端にある、人の少ない階段に高良先生を引っ張っていった。

踊り場は静かで、むわっと湿気った空気が溜まっている。

「なあ篠崎。告白なら卒業するときにしてくれよ。おれもいろいろ立場ってもんがあってだね」

「そんなのするつもりもする予定もないですって。先生、これ、返します」

ないのか、となぜだか残念そうな高良先生に、昨日渡された屋上の鍵を差し出す。

あのまま真夏くんに渡しておけばよかったと気づいたのは家に着いてからだった。屋上ではそれどころではなかったから、制服を脱いだときに胸ポケットから落ちてくるまですっかり鍵の存在を忘れていたのだ。帰りの施錠は、確か鍵がなくてもできたから大丈夫だったと思うけど。

「ああ、ありがとうな。助かったよ。部活前に行くの面倒臭くてさ。屋上まで行くのってしんどいだろ」

「いいですよ。屋上の鍵って知ったときはびっくりしましたけど」

「そういや、これが屋上の鍵ってすぐにわかった？」

「ちょっと悩みましたけど……ていうか先生、わざと教えてくれなかったんですか」

「まあな。そういう驚きは必要だろ」

悪戯っぽく笑う先生になかば呆《あき》れながら、はい、と手のひらに鍵を載せた。ありがとな、と高良先生はもう一度言って、それからどうしてかわたしの手の中にふたたび鍵を戻したのだった。ん？

「え、先生、なんですか」

「あ、その鍵な、もうちょっと持っててくれ」

「は？」

「篠崎、おまえって進学志望だよな」

「え、っと、そうですけど、一応」

なんだ？　話の流れがよくわからない。

「つまりだな」

高良先生が伸びかけの髪を掻き上げる。

「篠崎さ、言っちゃ悪いがおまえは勉強が苦手だよな。成績の悪さは先生も頭を抱えてるところだ。この学校だって一般で入ったわけじゃないし、どうせおまえの性格的に、推薦に甘えて受験勉強だってろくにしなかったんだろ」

「う……そ、それはまあ」

「だからまあ担任としては篠崎の進路が心配なわけ。おまえがちゃんと希望どおりの進路に進めるようにできる限りのことはしてあげたいと思ってんの。で、少しでも可能性上げとくためには、三年で引退するまできちんと部活をやっといたほうがいいと先生は思うんだわ」

そのとき、わっと踊り場が賑やかになった。下からやってきた三年生の女子たちに、わたしは一旦開きかけた口を閉じた。

先輩たちは、高良先生を見つけると口々に声をかけ、適当にあしらう先生に不満そうにしながらも楽しげに、あっという間に通り過ぎていく。笑い声はすぐに遠くなり、集団がすっかり見えなくなってから、高良先生は苦笑いを残した顔でわたしのことを見た。

「で、どうだ、篠崎」

尋ねられて、噛んでいたくちびるをどうにか開く。

「それって、部に戻れってことですか」

「違うよ、そんなこと言ってんじゃないって。おまえ、部活動は校内にひとつしかないとでも思ってんの？」

「……そんなことないですけど、じゃあ」

「あのさ」

先生を見上げた。大事なことを言うときほど優しく微笑《ほほえ》むのは、ずっと前からの高良先生の癖だ。

「うちに戻ってくれたらそりゃ嬉しいけど、おまえがそれを望んでないのは知ってるから、無茶言うつもりはないよ。ただ今はさ、とりあえず、その鍵預かってろって」

高良先生は手のひらの鍵を指差した。星のキーホルダーをぶら下げた、誰にも内緒の屋上の鍵。

「じゃ、篠崎、よろしくな」

ぽんと肩を叩いてから、高良先生はわたしの反論を聞かないためにか、さっさと手を振って階段を下りていってしまった。

わたしは先生がいなくなってもしばらく踊り場に立ったまま、じっと、手の中の鍵を見つめていた。

この鍵を持っていることが、部活をやることとどう関係があるのか、繋がりがまったくわからなかった。そもそも一生徒であるわたしが屋上の鍵なんて持っていたら大問題だろう。万が一他の生徒たちに知られたら騒ぎになってしまうかもしれないから、できるだけ誰にも知られないようにしないといけない。はじめから立ち入り禁止とされているからこそ誰も屋上に近づきはしないけれど、入れるのなら入りたいと思う人は多いはずだ。

「……」

そういえば、昨日の、宮野真夏。真夏くん。

あの人も屋上へはすでに何度か行っていたようだ。けれど鍵は持っていない様子だったし、自由に出入りできるわけではないらしい。屋上で鉢合わせさえしなければわたしが鍵を持っていることを知られることはない。

彼が屋上で一体何をしていたのかは結局聞きそびれたままだけれど、きっともうあんなふうに話をする機会なんてないんだろう。真夏くん、なんて、本人に向かって呼びかけるのは、昨日が最初で最後だ。もう向こうはわたしの顔すら忘れているかもしれない。

「……何してたのかは、今度高良先生にでも聞こ」


お弁当も食べ終えて、奈緒とふたり、手持ち無沙汰に教室の隅で日向ぼっこをしていた昼休み終了間際。

今日も昨日と同じく爽やかな晴天で、青い空を眺めながら、平和だなあ、なんて年寄り臭いことを考えていた。

前はいつだって気づいたら毎日が過ぎていたけれど、最近はぼうっとする時間が増えてしまって、以前とはまったく正反対の理由でいつの間にか一日が終わってしまう。

張りのない生活とよく言うけれど、今のわたしの毎日はまさにそれだ。なんて、まるで本当に年寄りになったみたい。

「そういえば昴、さっき高良先生に何か聞きに行ってたけど、進路相談でもしてたの？」

ふいに奈緒に尋ねられ、目を向けた。屋上の鍵のことは奈緒にも内緒にしているから、高良先生とのやりとりをそのまま話すわけにもいかず、曖昧《あいまい》に頷く。

「ちょっと話したいことがあっただけで、進路相談ってわけじゃないけど……あ、でも、先生からはそれっぽいこと言われたかな。成績悪いってずばっと言われたよ」

「うぇえ、それそのままあたしにも当てはまるわ……」

「まあそこで、真面目に勉強しろ、ってならなかったのが高良先生らしいけど」

「あはは、大人にやれって言われると途端にやりたくなくなるうちらの性《さが》をよくわかってるね、先生。でもさ、先のことなんて本当に、まだ考えたくないなあ。あたしは今のことだけで精一杯だよ」

「わたしも先のことなんて、まだなんとも」

考えなければいけないのは確かにわかっている。目標もなくのんべんだらりと過ぎる毎日を嘆くくらいなら将来を見据えて努力しろ、と言われれば、返す言葉もなくそのとおりだと言わざるを得ない。

ただ、自分がずっと思い描いていた一本道が消え、まったく違う方向へ歩いていいかなくてはならなくなった今、なかなかその先を見通せないでいる。

「ん？」

不意に教室内がざわめき出す。なんだろうと思った途端、ふとどこかを見つめた奈緒の目が大きく見開かれた。

「ちょ……昴見て！　やばいよ！」

「何、どうしたの」

「み、宮野真夏が来てる！」

「はっ？」

ドアを見て、ぎょっとした。本当に、教室の後ろ側の出入り口に真夏くんが立っていたのだ。上の学年の教室に来ているというのに一切物怖《お》じした様子もなく、騒ぐ周囲を気にも留めずにきょろきょろと教室内を見回している。

「ねえ、二年の教室に何しに来たんだろうね。誰か探してるみたいだけど」

「そ、そうだね」

まさか、いや、そんなわけない。わたしを探しに来たなんて、さすがにそれは自意識過剰だ。だって用なんて思いつかないし、クラスを教えた覚えもないし、そもそも彼がわたしの顔を覚えているのかすら微妙なところなのだ。昨日のことは、わたしにとっては宮野真夏と喋ったという特別な出来事だったかもしれないけれど、向こうにとっては知らない二年生と出くわしたってだけのなんてことない時間だ、すぐに忘れて当然だろう。

だから、わたしを探しにわざわざ教室まで来るなんてことがあるはずない。わたしと彼とは、無関係だ。

「あ」

しかしそのとき、ぴたりと、真夏くんと目が合った。あまりに露骨に目を逸らしたせいで、奈緒が「どうした？」と首を傾げた。

いや、どうもしてないよ。わたしには何も起きていない。わたしは彼と関わりなんて持てるはずない、人気者を遠目で見守るその他大勢のひとりなのだから。

そう、だから、何事もなくスルーされるに決まっている。

決まっているんだ。

「昴センパイ」

ぴたりと時が、止まった気がした。

奈緒は口を半開きにしたままのまばたきも忘れてわたしを見ていて、あれだけ騒がしかった教室内も、誰ひとり息ひとつこぼすことなく視線を一ヵ所に向けている。

痛い痛い、視線が痛い。うちのクラスってそんなにチームワークよかったっけ。

「昴センパイ」

聞こえていないと思ったのか、駄目押しみたいにもう一度、真夏くんがわたしの名前を呼んだ。

奈緒が何かを言おうとするその前に、わたしは椅子《いす》が倒れる勢いで席を立って、ドアに立つ真夏くんを連れて階段へと走った。

さっき高良先生と話をしたばかりの踊り場は、幸い今も他に人はいなかった。振り返ってもついてくるクラスメイトはいなくて、さすがにそこまで無粋な奴はいなかったらしいことに安心した。とはいえおそらく教室内では、現在大変な騒ぎになっていることだろう。

「昴センパイ、どうしたの」

「それ、こっちのセリフだって宮野くん！」

「真夏」

「ま、真夏くん。えっと、何しにわたしの教室に来たの」

変な汗を掻いているわたしとは反対に、真夏くんは相変わらず涼しげ、というか、表情のない表情をしている。昨日笑顔を見たのが、まるで夢だったような気さえしてくるクールさだ。

「さっき順平くんから、昴センパイに鍵を預けたって聞いて」

「鍵？」

「屋上の。だから、今日も開けに来てほしくて、それを言いに来た」

なるほど。やっぱり昨日、真夏くんに鍵を渡しておけばよかった。

「じゃあこの鍵、真夏くんにあげるよ。高良先生にはわたしから言っておくから。他の人に渡すのは駄目でも、真夏くんにならいいって言うと思うし」

そう、最初からそうしておけばよかったんだ。そうしたらわたしがわざわざ屋上に行く必要も、真夏くんがわざわざわたしに頼む必要もなく、且つうちの教室に宮野真夏が来てしまうという事件も起きることはなくなる。

なのに真夏くんは、差し出した鍵をなぜか受け取ろうとはしないのだ。

「それは駄目」

「え……え、なんで？」

「順平くんは昴センパイに渡したって言ったんだから、昴センパイが持ってないと」

「でも、真夏くんが持ってたら自由に屋上使えるじゃん。わたしが持っててても真夏くんが持ってても一緒なら、そっちのほうがよくない？」

「どっちが持ってても一緒なら、センパイが持っててよ」

「いや……それだと真夏くんが面倒でしょ」

「そんなことないよ」

「でもさ」

「いいから持ってて」

きっぱりと言い放ち、真夏くんは「じゃあセンパイ、今日の放課後待ってるね」と
わたしの返事を聞く間もなく颯爽《さっそう》と階段を下りていってしまった。

わたしはただただ見送ることしかできず、しばらく空っぽの階段を眺めたあと、なんだかこの光景さっきと似ている、と思いながら、ため息を落とすのと同時に鍵も胸ポケットへと落とした。

そして教室に戻ると、案の定クラスメイトに一斉に囲まれてしまう。

「昴、あんた真夏くんと何話してたの」

「なんであんたのこと知ってるの！」

「宮野真夏とどういう関係⁉」

詰め寄ってくるクラスメイトに「ああ、ううん」と言葉を濁しつつ生徒手帳を見せた。

「これ、落としてたの拾ってくれたみたいで、届けてくれただけ。えへへ……真夏くんに拾われるなんてラッキー」

果たしてこんな白々しい嘘を信じてもらえるのだろうか、と思ったが、案外簡単に納得してくれたようだ。ものすごく羨ましがられはしたものの、誰からもそれ以上の

追及はなかった。たぶん、はじめから誰もわたしと真夏くんに何か関係があるだなんて思っていなかったのだろう。それはそれでちょっと癪《しゃく》だけれど、今はその先入観がありがたい。

　解放され、席に戻ったわたしに、奈緒が「おかえりぃ」と右手を上げた。

「ただいま。ちょっと疲れちゃったよ……」

「なんか今日は忙しいね。生徒手帳、拾ってもらったんだって？」

「顔写真もついてるから、それでわたしだってわかったみたい」

　へえ、と奈緒は相槌を打って、飴玉をひとつぺろりと舐めた。視線はじっとわたしを見たまま。もちろんそれに気づいているから、わたしは奈緒へは目を向けずにせっせと次の授業の準備を始める。

「ねえ昴。生徒手帳拾ってもらったっての、嘘でしょ」

　やべ、やっぱりばれてる。

「いや、本当、です」

「へえ……ふうん。へええ」

　返事も表情もまるっきり信用していないのがダダ漏れだ。他のみんなは簡単に騙《だま》せても、やはり奈緒は難しい。

　ただ、それ以上何か聞かれることはなかった。わたしもそれをわかっていたからこそ、下手に言い訳をしないで否定だけするという少し狡《ずる》い逃げ方をしたのだ。

無理やり人の心の中に立ち入らない、そして心地いい距離感を決して裏切らないところは、奈緒の何より尊敬するべき部分だと思っている。なんでも話せる親友っていうのもいいけれど、わたしは、聞かないでいてくれるし話さなくても怒らない、奈緒の人となりが好きだった。だから他の誰とも関わりたくないと思ったときも、奈緒とだけは気楽に一緒にいられたのだ。

とはいえわたしから話さなくても奈緒にはすっかりばれてしまっている、ということも多く、奈緒にとっては「聞くまでもない」ってことなのかもしれないけれど。

「ま、楽しくやんな。夏だしね」

「あの、奈緒、ひとつ言っておくけど、そういうのじゃないからね、まじで」

「そういうのって、どういうの？」

「きみ、時々意地悪だよね」

「でも嘘は吐かないよ、あたし」

「……」

もうやめよう、この言い合い絶対に勝てない。

黙ってノートを取り出していたら、奈緒が噴き出すように笑った。

「あのね、本当にさ、あたしは昴が楽しかったらそれでいいよ。気にせずやりなよ」

「だから、別に何もないんだけど……」

「まあまあ。とにかく、昴がたくさん笑えるようなことを見つけられるといいんじゃないの」

「楽しいこと？」

「うん。すごく好きになれる何かね」

予鈴が鳴り、奈緒が前を向いてしまったから、閉じた教科書の上に頬杖を突いて窓の外を見下ろした。グラウンドで、どこかのクラスが体育の準備をはじめていた。

「……」

楽しいことを見つけるのは簡単だ。ぶっちゃけ奈緒と喋っているだけでも十分楽しいし、体育の授業も好きだし、たまにある学校行事への参加だって嫌いじゃない。毎日は退屈だけれど、かといって大きな不満があるわけでもないのだ。

ただ、いつか過ごしていた日々に比べれば、味気ないのは確かだった。

これから先、他のどんなことを経験したとしても、あのとき以上に……あの瞬間以上に心を震わせる何かには、きっともう出会うことはない。

あれがわたしのたったひとつの宝物だった。あんな色鮮やかな光には二度と出会えない。

奇跡は、一度しか起きない。

放課後、約束どおり屋上への階段をのぼっていくと、扉の前で、昨日も持っていた大荷物を抱えながら真夏くんが待っていた。

踊り場から顔を出すと、座っていた一番上の階段から真夏くんがのそりと立ち上がる。

「昴センパイ、待ってたよ」

「……お待たせしました」

真夏くんの横をすり抜けて、ドアノブに鍵を差し込んだ。かちりと音が鳴りノブが回る。屋上への扉は難なく開く。

これでお仕事は終了だった。無事に任務は完了したのだから、さてこれにて退散、と思ったのに、どうしてか今日も真夏くんが呼び止める。

「センパイ、一緒にやらないの」

逆になぜ一緒にやるの。そして何をやるの。

「昴センパイ、うちの部活入ったんでしょ?」

いえ、入った覚えはないし、そもそもうちの部活ってどの部活?

何もかもわからないまま、なぜだかわたしはふたたび真夏くんと梅雨の屋上に立っていた。解放感だけしかない空間には相も変わらず人けはなく、立ち入り禁止の規則を破って侵入しているのはわたしたちの他にはいなかった。誰かが現れる気配もなく、どうやら真夏くんの謎の活動は、基本的には彼ひとりで行われているらしい。

「今日も夕暮れを見るだけなの？」

　尋ねると、真夏くんは首を横に振った。

「いや、センパイ嫌いだって言ってたし、それは無理に眺めてもらおうと思ってないよ。そもそもおれが待ってるのは夕暮れじゃないから、昨日センパイに見てもらおうと思ったのは、ただのついで」

「ついで……」

「ねえ昴センパイ、ポラリスって知ってる？」

　真夏くんと会話をするのってなかなかコツがいりそうだ、と考えながら、問いかけに首を横に振った。もう急ぐのはやめて謎は少しずつ解いていくことにしよう。どうせ暇なんだし、とことん付き合ってやろうじゃないか。

「こぐま座α《アルファ》星、こぐまの尻尾の先のところにある三重連星だよ。距離は確か四百三十光年くらいだから、ちょうどスバルと同じ頃の光が見えるんだね」

　真夏くんは相変わらず、本でも読んでいるかのようにすらすらと知識を披露する。知識をひけらかす男はモテないと何かの雑誌で読んだけれど、真夏くんのこれは学を自慢しているわけではなく、単に自分の好きなことを知ってほしくてたまらないんだと言っているようだ。これも人によっては受けつけないだろうが、幸いわたしは知らない話を聞くのは好きだった。

「ポラリス……って、有名な星なの？」

「うん。その名前は知らなくても、北極星《ほっきょくせい》っていえばわかるかな。ポラリスは今の北極星でね、天の北極にいちばん近いところにいるんだ」

「ホッキョクセイ」

言葉をなぞってみたら、真夏くんが少し笑った。

「そう、北極星。北斗七星《ほくとしちせい》の柄杓《ひしゃく》の先を探すと見つけやすいよ。本当は少しだけ動くんだけど、地球からはほとんど動かないように見えてね、星の中心にあるから心星《しんぼし》って呼ばれたりもしてる。スバルと一緒で他にもたくさん呼び名があるみたいだよ」

「今の、ってことは、昔は違ったってこと？　北極星って代わるものなの？」

「うん。たとえば回ってる独楽《こま》の軸が円を描くみたいに、地球の自転軸も何万年もかけて動いているらしくて、そのせいで天の北極に一番近い星っていうのも時が経つにつれ交代していくんだ。今はポラリスだけど、次はケフェウス座のγ《ガンマ》星になるんだって。おれ、北極星が代わるの、見たいんだよね」

「へえ、知らなかった。北極星なんてずっと一緒だと思ってたよ。交代するの、見られるならわたしも見たいなあ。そのケフェ……なんとかに交代するのはいつ？」

「千年後くらいかな。次のが一番天の北極に近づくのは二千年後」

「千年……」
二、三回生まれ変わった頃に見られるだろうか。
途方もない未来を想像しつつ考えていたら、ふいに真夏くんが右手を上げ、北の空を指差した。まだ明るい今の時間はもちろん星なんて見えるわけもなく、指先の示すほうには何もないのに、やはり真夏くんの目には何かが見えているようだった。こうなると何も見えないわたしのほうがおかしいんじゃないかって気がしてくる。

「北極星にはね、大事な役割があるんだ。昴センパイ、わかる？」

空を見上げたままの真夏くんに尋ねられ、わたしは少し首を傾げた。

「えっと、動かないから正確な位置がわかる……んだよね」

「そう。一年中沈むことなく、動きもしないで北の空に輝き続ける北極星は、昔から北の方角を知るために見られているんだね。今はいろいろと便利で、どこにいたって自分の位置がわかるけど、大昔の人は星を読んで自分の居場所を確認したんだ。北極星は、真っ暗闇の中でだっていつでも光る、確かな目印であり、大切な道しるべだったんだね」

「道しるべ……。そこが、自分の向かう場所だって教えてくれるような？」

「そうだよ。昴センパイもさ、顔を上げて探してみるといいよ」

こっちを向いた瞳に、少しだけどきりとした。

真夏くんと目を合わせるのは苦手だ。綺麗な顔に見つめられるってだけで妙に落ち着かなくなるのに、そのうえ真夏くんの視線は真っ直ぐすぎるから、つい目を逸らしてしまいたくなる。

「いつだって必ずそこにあるんだから、あとは、見つけられるかどうかなんだ」

「……それってわたしにも見つけられるものなの？」

「もちろん。誰の頭上にも光ってるよ」

この話が、真夏くんがとても好きらしい夜空の星の話なんだってことはわかっている。北極星という星について教えてくれているだけなのに、どうしてか少し、胸の奥の音がうるさい。

——道しるべ、目印、いつだって見上げた先に光るもの。

昔の人が北の夜空を見上げて見つけた光に似たものを、わたしもずっと自分だけの空の上に持っていた。それは、暗闇にぽつりと輝くどころか、世界のすべてを明るく照らすほどの強い光だ。

けれど今はもう、見えない光。

「そうだセンパイ、ちょっと手伝って」

突然真夏くんが動き出した。ようやく何か活動が始まるのか、と思ったら、しゃがんで、足元に置いていた大きな筒状のバッグのひとつをごそごそと開けはじめた。筒状の大きなバッグふたつと、重箱も入りそうな四角い手さげひとつという旅行中のような真夏くんの大荷物は、昨日も謎に思ったもののひとつだ。異様な存在感を放ちながらも、昨日わたしがいた間は触れられることはなく、一体何が入っているのかわからないままだった。

ふたつある筒状のバッグのうちのひとつには、太い三脚が入っていた。それを「立てて」と真夏くんに渡されたから、言うとおりにいそいそと組み立てている間に、真夏くんは四角い手さげの中から何やら取り出し、立てた三脚に取りつけはじめた。

三脚を用意したのならあとはカメラだ、という安易な予想は外れ、固定されたものは何かよくわからない器具だった。

「これね、架台《かだい》。赤道儀《せきどうぎ》式が欲しいんだけどさ、なかなか買えなくて。家にならあるんだけど、それとは別に学校用にも欲しいんだよね」

珍しくわたしの疑問を察知してくれたらしい真夏くんが自分から教えてくれたけれど、答えを聞いてもよくわからなかったので「へえ」とだけ呟いておいた。

真夏くんは、手慣れた様子であっという間に架台というものをつけ終えると、残された最後のバッグに手を伸ばした。

しまわれていたのは白い円筒だった。それを大事そうに抱え、架台の上に置く。

「真夏くん、それってもしかして、望遠鏡？」

「そうだよ、天体望遠鏡。これは鏡筒《きょうとう》ね。屈折式」

手伝ってと言われたわりにすることもなく、真夏くんが鏡筒を固定していくのをじっと横で眺めていた。真っ白な天体望遠鏡は、一メートル近くの長さがあり、細長くはあるけれど、意外と口径は大きい。見慣れないせいもあって、やけに迫力があった。

作業に没頭しているのか、組み立てている間、真夏くんはひと言も喋ることはなく、わたしも邪魔をしないように口を閉じていた。組み立てたあとは多少の調整も必要なようで、鏡筒を水平にしたり前後に動かしたり、わたしには何のためなのかわからないようなこともしていたけれど、眺めていて飽きることはなかった。

そして黙々と進められた作業は数分で終わり、殺風景だった屋上に立派な天体望遠鏡がどどんと聳《そび》えた。随分本格的だ。昨日もわたしが帰ったあと、ひとりでこれを組み立てたのだろうか。片づけるのも面倒そうだとわたしは思ってしまうけれど、作業中の様子を見るに、おそらく真夏くんはこれを組み立てたり解体したりすることが苦にならない、どころか結構好きなのだと思う。

最後に、三方に散らばっていた鞄を集めてから、真夏くんは振り向いた。

「昴センパイ、天体望遠鏡って使ったことある？」

「ううん、ない」

「そう、はじめてか。じゃあインパクトのあるものを見せたいね」

真夏くんが指でちょんと鏡筒をつつく。インパクトのあるものが何かって、それはもちろん、星に違いないだろう。

「あのさ……これって別に、真夏くんの趣味の活動じゃないよね？」

「うん。好きだから趣味でもあるけど、一応部活動の一環だよ。天文部の」

「天文部」

そんな部活あったんだ。知らなかった。はじめて聞いた。天文部ってなんなんだ。

真夏くんが望遠鏡の横にぺたりと座るから、わたしも三脚を挟んだ場所に座って足を伸ばした。真夏くんはちらりとこっちを見て、ズボンのポケットをぽんぽんと触っていたけれど、何も出さないままそのうち大人しく体育座りで膝を抱えた。わたしのためにハンカチを探してくれていたんだと、あとから気づいた。

「この望遠鏡は、学校の？」

「ううん、私物。部費はほとんど出ないから、本の一冊くらいしか買えないんだ。部員が全然いないのに部として存続させてくれてるだけありがたいけど」

「私物って真夏くんの？」

「元は、おれの兄貴の」

真夏くんが三脚の下のほうを指差した。そこには丸っぽい文字で『みやのそら』と書いてあって、これがお兄さんの名前なんだと教えてくれた。

「この学校の天文部、はじめたのはおれの兄貴なんだ。兄貴も星が好きだから、好き勝手に好きなことをやれる場所が欲しくて、わがまま言って作ったんだって。順平くんも兄貴の同級生で、一緒に部活に入ってたみたいなんだけど、ほとんど兄貴ともうひとり女の子の、ふたりだけでやってたって聞いた」

なるほど、高良先生と真夏くんが仲良しなのは、真夏くんのお兄さんと高良先生が友達だったからなのか。そういえば高良先生はこの学校の卒業生なんだって、いつか聞いた気がする。

「順平くんはさ、顧問のくせに全然部活に出てくれないけど、それって今に始まったことじゃないんだよね。高校生のときから生徒会の仕事が忙しいとか言ってろくに出てなかったんだって」

「待って。高良先生って天文部の顧問なの？」

「そうだよ。でも陸上部のが忙しいって言って全然来ないけど。兼任するの大変だって言うくせに、実際はほとんど向こうにつきっきりなんだよ」

それは、そうだろう。コーチや副顧問もいるとはいえインターハイ常連校の顧問なのだから、集中しないとやっていけるはずがない。わたしは天文部の存在すら知らなかったくらいなんだから、当然、高良先生が顧問を兼任していることをはじめて知った。そのくらい、他に部活をやっている素振りなんてなかったのだ。

「でも、順平くんが顧問のおかげでここ使えてるし。ひとりでいるのも好きだから、文句は言わないけど」

真夏くんは確かに、不満そうな様子は微塵《みじん》も見せない。むしろ楽しそうだ。

「他に部員は？」

「いないよ。去年まではいたみたいだけど、おれが入ってからはおれひとり」

「みんなさ、真夏くんは部活やってないって思ってるよ」

「内緒にしてるもん。ここに来るのだってかなり慎重にこっそり来てるからね。知られると、おれ目当てで星に興味ない女の子たちが入ってきちゃうからちょっと嫌なんだ」

おお、今さらっとすごいことを言ったような。真夏くんって自分に人気があることをことをきちんと自覚していたんだ。まあ当然か。

「だからさ、昴センパイも内緒にしてね。人には言わないで。この部活は、おれとセンパイだけの秘密ね」

真夏くんがくちびるの前で人差し指を立てる。その動作がいちいち可愛いからウッと心臓が締めつけられた。

慌てて目を逸らして息を吸う。

「あの、だったら、わたしもお願いがあるんだけど」

「何？」

「わたしが、その……真夏くんと知り合ったことも、内緒にしてほしい。つまり、今日みたいに教室に来たりとか、人がいるところで話しかけたりとか、そういうのしないでほしいんだ」

「なんで？」

「なんでって」

尋ねられて、逸らしていた視線をもう一度合わせた。真夏くんは不思議そうな顔をしていて、なんでそんな顔をしているのか、わたしのほうこそ不思議に思う。

「真夏くんは、自分がどれだけ目立ってるか自覚してるんだよね。だったらきみと一緒にいる人もどれだけ目立つかって、わかってるはずでしょ」

「……」

「わたし、人に騒がれたりだとか、いろいろ言われたりするの、本当に、嫌だから」

もうあんな毎日は二度と送りたくなかった。誰かの嫌な視線や声は、どれだけ見ないように、聞かないようにしても届いてしまう。だからひたすら待つしかない。早くみんなに忘れられて、自分が特別な存在じゃなくなるのを。

そしてそうなれた今、この日々を決して崩したくはない。

「あ、あと、知り合いだってばれると、部活のこともばれちゃいそうだし」

「そう、わかった」

真夏くんが短く答える。

「昴センパイがそう言うならそうする」

「あ、うん……ありがと。ごめん」

「謝らなくていいよ。おれのほうこそ迷惑かけてごめんなさい。昴センパイがそんなに嫌がるって思わなかった。部活のことも、確かにそうだし」

少し声を小さくする真夏くんに慌てて両手を振る。

「別に、真夏くんのことが嫌とかじゃないからね。これはただのわたしのわがままだから」

「うん、わかってる」

「あの、だったら、いいんだけど」

「でもう、昴センパイの迷惑になることはしないから、大丈夫」

「……あのさ、なんでわたしはいいの？」

真夏くんがきょとんとした顔で首を傾げる。本当に何も意識していないのだろうか。

わたしとしては、きみの隣にいることに違和感しかないのに。

「みんなにはせっかく内緒にしてるのに、わたしに知られるのはいいの？　わたしも星のことは全然知らないし、正直わたしがいたってなんの意味もないよ」

謝ることも、迷惑をかけないと言うことも、そもそも真夏くんには必要ない。単に〝これきり〟にしてしまえばいいだけの話なんだ。屋上の鍵を真夏くんに渡し、わたしがもうここへは来ないようにする。それだけですっきり納まる。

わたしは高良先生から屋上の鍵を預かっただけで、その鍵だけが今のわたしと真夏くんを繋いでいる。これがなくなればわたしたちはなんの関係もなくなり、煩わしいものも一緒に消えるはずだ。

「……昴センパイは、ここに来たくない？」

「いや、わたしはいいんだけど、真夏くんがどう思ってるのかってことで。わたしがいてもいいのかどうか」

「おれはいいよ。昴センパイは、いていい」

真夏くんは拍子抜けするほどあっさりと答える。

「星のこと、全然知らないんだなってことはわかってるけど、できるだけ興味持ってもらえるよう頑張るし、わからないことがあったら教える」

「あ、そう、ありがとう……でもなんで？」

「なんでって、だって、昴センパイは……」

なぜか真夏くんはそこで言いよどんだ。開きかけたくちびるを少しだけ動かして、でも結局何も言わずにむすっと閉じてしまう。え、ちょっと、何？

「何、その意味深なの……」

「……」

「あ、もしかして昨日わたしのパンツ見たから、免罪符代わり？」

「ち、違う。あれは不可抗力」

　赤くなって慌てる姿に笑ってしまった。真夏くんってあまり表情を変えないように見えるけれど、実は案外顔に出やすいタイプなのかもしれない。

「それに、昴センパイは、もううちの部活に入っちゃってるじゃん。今さらだよ」

「だから入ってないって。わたし、さっき真夏くんに聞くまで天文部の存在も知らなかったんだよ」

「でもお昼に、順平くんが昴センパイの入部届け持ってきたよ」

「は……はあ⁉　待って、そんなの書いてないけど！」

　入部届けなんてまったく身に覚えがない。まさか……高良先生に偽造された？

　うん、高良先生ならやりかねない。なるほどそこまでして部活をやらせたかったってことか……つまりそこまでわたしの成績と進路が不安ということか。おそらく、昼休みに話をしたときにはもう決めていたんだろう。だから鍵をわたしに預けたままにしたんだ。

かもしれない。

……いや、そもそも昨日、屋上の開錠を頼まれた時点で、すでに決められていたの
「じゃあ、昴センパイ、うちの部活に入らないの？」

入る気はさらさらない。再度部活をはじめるつもりは一切なかったし、百歩譲って入部するにしても文化部ではなく運動部を選ぶ。まともに競技はできなくても、マネージャーとしてなら参加もできるだろうから。

けれど、恩師であり現担任でもある高良先生の策略にはまり、さらに追い打ちをかけるように真夏くんにこんな子ウサギみたいな顔をされてしまっては、もうわたしに選べる答えなんてひとつしかなかった。

「……天文部って、何やるの？」

ため息交じりに尋ねると、真夏くんの顔がぱあっと華やいだ。

「星を見るんだよ。天体観測」

「いや、うん、でもまだ空明るいよ」

「今の時季は日の入りが七時頃だから、星が見えはじめるのはそのあたりからかな」

「まだ五時過ぎだよ」

「うん。だから、待ってる」

「星が出るのを？」

「うん」

本気で言っているんだろうか。あと二時間近くもあるというのに、何もしないまま この場所で暗くなるのを待つだけだなんて。遅くまで、それこそあたりが真っ暗にな るまで部活をするなんてことはよくあったけれど、熱中するあまりいつの間にか時間 が経っていたあの頃とはまるで違う。ぼうっとただ時間が過ぎるのを待つなんて、絶対に無理だ。

「夜空を楽しみにしていれば、待つのは苦じゃないよ」

苦だよ。わたしはそれほど夜空を楽しみに思えないし。

しかも、待ったところで、いくら田舎といえどこんな街中じゃ大した星空なんて見られないだろう。

ひたすら時間を無駄にするうえ、ちらほら光る星を眺めるだけなんて、わたしの知っている部活動とは随分内容が違うみたいだ。

「……真夏くんって、本当に好きなんだね、星のこと」

好きじゃなきゃ、とてもじゃないけどこんなことできない。現に今のところ、わたしは何が楽しいのかさっぱりわかっていない。

ただ、好きならどんなことでもできるっていう気持ちだけはよくわかる。

「きっかけとかあるの？」

「きっかけっていうか、兄貴が好きだったから、その影響でおれも好きになったんだ」

真夏くんはわたしの問いかけに頷いて、そう教えてくれた。

「はじめて兄貴と一緒に天体観測をしたときからすっかりはまっちゃって、それから毎日星が出るたびに何時間もベランダで空を眺めてた」

「小さいときから？」

「たぶん幼稚園の頃からじゃないかな。兄貴がいろいろ教えてくれてさ、まだろくに字も覚えてなかったくせに、星のことはたくさん覚えたんだ。星座にまつわる神話とか、綺麗な名前とか。星は見るだけでも楽しいけど、そういう物語を知るのも好きだな」

「へえ……真夏くんが詳しいのは、昔からいっぱい勉強してきたからなのか。すごいな」

「他の勉強はあんまり得意じゃないんだけどね。楽しく覚えられるのは天体のことだけだよ」

真夏くんはへらっと笑い、人差し指で宙につつつと線を描く。

「遥か遠くの大昔の光がうんと長い時間をかけてやってきてここまで届くんだ。人によってはその光は、古代の英雄の物語になったり、嵐の中の道しるべになったり、二度と会えない大切な人の姿になったりして。考えるだけでどきどきするよね。あの光ひとつひとつにどんな物語があるんだろうって、もっと知りたくてたまらなくなる」

真夏くんが、少しばつが悪そうな顔で振り向いた。

「ごめん、どう言えば伝わるか難しいんだけど」

「ううん、なんか、わかる気がするよ」

真夏くんの持っているものと同じ情熱はわたしにはない。

ただ、形も、目指すものも違うけれど、真夏くんが言いたいことならよくわかった。

難しく言葉になんてしなくても、その感情ならわたしも知っていたから。

「まるで、世界が一気に広がるみたいな気持ちだよね」

風が吹いて、目を開ければ、自分の立つ位置から放射状にすべてが色を変えていくような感情に出会えることがある。一歩足を踏み出すたびにどこまでも行けそうなくらいに体が軽くなって、感じる音も、風も、匂いも、何もかもが変わってしまう。そしてもっともっと前に行きたくなる。

そんな大切なものに、出会えることがある。

そしてその先には光があった。

世界のすべてを照らすほどの大きな光に出会えることを、わたしは奇跡と呼んでいた。

眩しいその光の場所を目指して。踏み出す足から、また、世界はどこまでも広がる。

「いいなあ。わたしの世界は、もう広がらないから」

思わず出た言葉は、独り言のつもりだったから、聞き流してほしかった。そんなわたしの思いを酌んでくれたのか、真夏くんは「ふうん」と呟いただけだった。


携帯の着信音で目を覚ました。

まず、起きたら真っ暗だったのに驚いて、お母さんから届いた『まだ帰らないの？』というメールに驚いて、それから時間を見たら八時前になっていたことに驚いた。

すっかり夜だ。けれどわたしはまだ学校の屋上にいた。暗くなるのを待っている間にあまりの暇さに眠ってしまい、結果、見事なまでにあたりが真っ暗になるまで寝過ごしてしまったらしい。

……さあっと血の気が引いた。まさか、こんな時間に学校の屋上に、ひとり取り残されたりしてないよね。

「あ、昴センパイ、起きた？」

焦っていたら声がした。顔を上げると、真夏くんがすぐそばにいて、望遠鏡も昼寝前と同じ場所に変わらず凛《りん》と立っていた。

ひとりじゃなかったことに安心したものの、ふたりでいたって大問題に変わりない。

「おはよう。もう夜だけど。昴センパイぐっすり寝てたね」

「ねえ、なんで起こしてくれなかったの」

「そろそろ起こそうと思ってたところだよ。でもいいタイミングで起きたよね」

「じゃなくてさ、早く帰らなきゃ。こんな時間にここにいちゃまずいでしょ」

大方の生徒はとっくに帰宅している時間だ。先生だって帰っている人もいるかもしれない。万が一校内に取り残されでもしていたら、高良先生を呼んで助けに来てもらうしかない。

「大丈夫だよ。運動部はまだやってるところもあるし、最近は合唱部もコンクールが近いからって九時頃まで残ってるんだ。頑張るよね」

「そうかもだけど……でもさ」

「そんなことより昴センパイ、見てよ」

真夏くんが右手の人差し指を伸ばす。スカートの砂を払いながら立ち上がり、つられるように指先が示す場所を見上げた。

「ようやく空が透けたよ」

空に星が出ていた。

昼の青空の中では隠れていた小さな光が、すっかり暗くなった空にはっきりと見えている。遮るもののない屋上からの空一面に、迫るように広がる星。

「……すごい、綺麗」

「今日は月明かりがないから、特によく見えるね」

こんな街中では、見えて数個が精一杯だと思っていたのに、よく目を凝らして見てみると次々に小さな星を探せてしまう。

思っていたより多い星の数に驚いた。それほど普段、意識して夜空を見上げることがなかったのだ。

「夜って、こんなに明るかったんだ」

街の灯《あか》りとは違う空からの明かり。真っ暗闇に見える場所には確かに光があった。よく写真などで見るほどの満天の星とは言えないまでも、十分に見ごたえのある眺めだ。

そうか、真夏くんが待っていたのは、この景色だったんだ。

「ほらセンパイ、あれがスピカね。その上にうしかい座のアルクトゥールス、あっちがさそり座のアンタレスで、向こうにある綺麗に見える三つの星が夏の大三角。それに囲まれてアルビレオ。それからあれがカシオペヤ、その向こうに北斗七星で」

ぐるりと向きを変えながら、真夏くんが夜空を次々と指していく。一応指先の向くほうを追いかけてはみるけれど、もちろんわたしには一体どの光のことを指しているのかわからない。

「それで、あれが、北極星」

もうすぐ一周してしまいそうだ、というところで真夏くんが動き回っていた指先を夜空の一ヵ所――カシオペヤと北斗七星との中間あたりで止めた。真北の方角だった。

「……北極星」

なぜか、その星だけは見つけた。他より目立っていたわけでもないけれど、不思議と目に留まり、すんなりとあの星のことなのだと納得してしまう。

みんなの、目印になる星。いつでも夜空の中心にいて、ここにいるよと教えてくれる星だ。

「もしもいつかセンパイが真っ暗の大海原で遭難したら、あの星を探せばいいからね」

「うん……そんな状態のときに冷静に星を探せるかわかんないけど」

「じゃあ遭難するときはおれと一緒にしよう。そしたらおれが見つけてあげるから」

「あ、ありがとう……」

そんな事態にならないよう祈るばかりだけれど、一応あの星の位置は覚えていよう。時が経っても、居場所を見失っても、その星だけはいつでも変わらず、誰の空の上にも同じ場所で光るらしいから。

「さあセンパイ、次はこっちだよ。センパイに早く見せたくて、さっき調整したところだから、そのまま覗いてみて」

真夏くんは切り替えが早く、北極星に浸る間もなくさっさと次の行動に移っていく。どうやら待ちに待った天体望遠鏡の出番のようだ。真夏くんに促されるまま、鏡筒の下についたレンズを覗いた。

何が見えるのか知らなかったし、特に何も期待していなかったのだけれど、わたしはレンズを覗いて何よりはじめに「うわあっ！」と可愛げなく叫んでしまった。

「な、なんだこれ！」

「なんでしょう」

「えっと……え、これってなんだっけ……土星？」

「はい正解」

「ウソ、すごい、本物？　ＣＧじゃなくて？」

「もちろん。今宇宙にある土星を見てるんだよ」

今わたしの目の前には、どんと大きな天体が浮かんでいる。まるで宇宙を飛んで、すぐそばで眺めているかのように鮮明に、惑星の表面の縞《しま》模様も、そして惑星の周囲をぐるりと囲んだ特徴的な環《わ》まではっきりと映し出されていた。

これが、今まで写真や絵でしか見たことのなかった、わたしでも知っている有名な星の姿だという。土星。肉眼ではただの光の粒にしか見えないのに、こんなとんでもないものが宇宙に浮かんでいるとは。

そして、壮大な宇宙を想像して驚くのと同時に、天体望遠鏡のすごさにも感心した。まさかここまで見えてしまうとは思わなかった。せいぜい肉眼よりも多く光が見える程度だろうと思っていたのに、恐るべし天体望遠鏡。

「どう？　木星なんかも迫力あるけど、土星のが環が有名だしわかりやすいんじゃないかな」

「うん、土星って本当に環があるんだね。あの環って何モノ？」

「あれはね、ほとんどが細かい氷でできているんだって。あと塵《ちり》とか」

「その話全然信じられない。誰が言ってるの？」

「確かになったのはボイジャー探査機の接近でだったかな。信じられなくてもはっきりわかっていることだからね、研究者ってすごいよね。あと土星の環ってひとつじゃなくて、たくさんの環が連なってるんだよ。この望遠鏡でも一番大きな隙間なら見えるはず」

確かに、環にはうっすら線がある。環の中央よりも少し外側に近いほうに。

「それが『カッシーニの間隙《かんげき》』。たくさんある環にも、他の隙間にも名前がつけられてるんだけど、これはその中でも有名なやつ。こうやって簡単に観測もできちゃう」

「カッシーニって何？」

「天文学者、ジョヴァンニ・カッシーニの名前だよ。活躍中の土星探査機も同じ名前だね」

真夏くんは、尋ねたらなんでも答えてくれる。そのほとんどをわたしは明日になっ
たら忘れてしまっていそうだけれど、きっと、そうしたらまた何度でも教えてくれるのだろう。

「どう、昴センパイ。ロマン感じる?」

真夏くんに聞かれ、レンズから顔を上げた。

「うん、ちょっと、感じた」

「少しは楽しいと思えた?」

「うん……ちょっとだけ」

「上々だね。よし、次は何を見てもらおうかなあ」

わたしの可愛げのない返事にも、真夏くんは満足そうに頷いて笑う。

そしておもむろに空に向かって手を伸ばした。今度は何か目当ての星があるわけじゃないらしく、ただどこでもない場所に手のひらを向けて、

「昴センパイ、おれね、星になりたいんだよね」

と言った。

その意味を測りかね、わたしは思わず眉を寄せてしまう。

「……それって、死んで星になるって意味? 死にたいってことじゃないよね」

「まさか。おれ、できることなら次の北極星を見るまで生きたいくらいなんだから、むしろ死にたくないよ」

「そうだよね……いや、さすがに人として、千年や二千年も生きるのはどうかとも思うけど」

「さすがに二、三回は生まれ変わらなきゃ無理かな?」

真夏くんはぷすぷす笑いながら、伸ばした手のひらをぎゅっと握りしめた。そのしぐさはまるで浮かんでいる星を掴んだみたいで、でももちろん、開いた手の上には何もない。

「たくさんの人には気づかれなくても、その他のたくさんの光と同じでもいいんだ。誰かたったひとりにでも見つけてもらえたらそれでいいから、そういう小さい星になりたい」

「でも、星になんてなれないよ」

小さな子どもじゃあるまいし、そんな願いをいつまでも抱いているわけにはいかないだろう。望みには、必ず叶うものと、絶対に叶わないものがある。

「わかってる。だからおれは、代わりに自分だけの星を見つけたいんだ。誰にも知られていない星を見つけて、おれだけの名前をつける。これだけ宇宙は広いんだから、地球の人が見たことのない星はまだまだ無限にあると思うんだよね。だから見つけるんだ。それがおれの夢」

「夢……」

「ねえ、昴センパイ」

真夏くんのしぐさを真似《まね》るように、恐る恐る、空に手を伸ばして、光る星の上で手のひらをぎゅっと握ってみた。

光は小さくて遠い。暗闇にぽつりと浮かぶくらいで、空を明るくすることもできない。

わたしが追いかけたものとはまったく違う光だ。けれど、決して掴めないところだけは、同じだと思った。

「わざわざ広げなくたって、世界はもう、こんなにも広いよ」

第二章　黄昏《たそがれ》ダイブ

「部活、ちゃんと行ってるみたいだな」

休み時間、ひとりで廊下を歩いていたらポコンと頭を叩かれた。振り返ると、高良先生が丸めた教科書をひらひらと振っていた。

「先生、今わたしを殴りましたね。ＰＴＡに訴えてやる」

「なめるな、世の奥様方はみんなおれの味方だっつの。それより篠崎、毎日真面目に部活やってんだってな。偉い偉い」

「あ、そうだ！　言うの忘れてましたけど、勝手に入部届け出すのやめてください！」

結局あれから一週間、学校のある日は毎日屋上へ鍵を開けに行って、暗くなるまで空を眺めている。日が暮れるまで暇で仕方ないし、そのうえ曇って綺麗に見えない日だってあるけれど、行く理由と同じように行かない理由も見つけられず、わたしはこれまでと違った放課後をしばらくの間過ごしていた。

そしてそれはつまり、ちょっと言い方を変えると、学校一の有名人である「宮野真夏」と他の誰も知らない時間を過ごしているということでもある。

誰にも内緒という約束を、真夏くんはきちんと守ってくれていた。勝手に教室に来たりしないし、廊下でたまたますれ違っても話しかけてくることはない。

その代わり、ふたりきりの屋上では真夏くんはいろんなことを喋ってくれる。星のこととか（これがほとんどだ）学校の授業のこととか、お兄さんのこととか、本当にいろいろ。

〝宮野真夏〟はクールな印象があって、いつもどこか大人びているような、他とは違う雰囲気を持っていると思っていた。けれど実際の真夏くんは全然違う。基本は確かに無表情だけど結構笑うし案外お喋りだし、子どもみたいに大好きなことに夢中で、真っ直ぐだし。

少しずつ、イメージしていた〝宮野真夏〟ではなく、本当の真夏くんを知ってきた、けれど。

「あいつもさ、言わないと思うけど、あれで結構楽しんでるから。まあ仲良くしてやってくれよ」

「仲良くって、わたしなんかが真夏くんと？」

「ああそうだよ。喧嘩《けんか》すんなよ。しないだろうけど」

「……」

なんで、わたしが真夏くんの隣にいるんだろうって、今でも思ってしまう。高良先生のせいだって言ってしまえばそれだけなのだけれど、こんななんでもないわたしのことを真夏くんがどうして受け入れてくれているのかが不思議だ。

——なんでって、だって、昴センパイは。

あのとき、真夏くんが何を言おうとしたのかを時々考える。だけど真夏くんって常に何を考えているのかわかりづらい人だから、なかなか答えは見つからなくて、いつかわかるのかなと思ってみたりもするけれど、わかる必要もないいんじゃないかって気もしてきている。

だって、本当のところ、こんな毎日がいつまで続くかもわからないのだ。高良先生はわたしに部活をやらせたいのかもしれない。けれどわたしは真夏くんを嫌がらせてまで天文部にこだわる気はないから、結局は真夏くん次第、真夏くんがふたりでの活動に飽きればそのうち自然に関係はなくなって、また今までみたいに赤の他人に戻るんじゃないかと思っている。この日々が、わたしにとってのちょっとした思い出になるくらいで、何も変わらず元どおりになる日がそのうち来る。

そうなったらわたしは、文句を言わず鍵を返すつもりだ。真夏くんとの部活は嫌いじゃないし、それどころか少しずつ楽しくなってきているけれど、自分の立つ場所は、決して間違えないようにしないといけない。

「ああそうそう、そういえばさ」

立ち去りかけていた高良先生がふと振り返る。

「真夏って、おまえに去年のこと話したりした？」

「去年のこと？」

「ああ、なんだ、話してないのか」

ふうん、と高良先生は呟いて、何か言いたげに、そのくせ何も言わずに髪を掻いた。

「……なんですか、その意味深な感じ」

「いやいや、気にすんな、別に何かあるってわけじゃないから。真夏が何を話してたりすんのかなって思って聞いてみただけ」

「何って、だいたい星のことばかりですよ。あとは、お兄さんのこととか」

「ああ、昊《そら》な。真夏、兄貴のこと大好きだからなあ」

「お兄さんと一緒に天文部に入ってたときから、高良先生は全然部活に参加してなかったって言ってました」

「あっはは、むかしからいつでも忙しいからな、おれは」

高良先生は誤魔化《ごまか》すようにひょいと腕時計を確認すると、「じゃあ次の授業遅れんなよ」と言い残し、ひらひらと手を振って行ってしまった。わたしも、首を傾げつつも少し早足で教室へと歩いていく。

……去年の話、となると、真夏くんの中学のときの話だろうか。確かに、もっと小さいころの思い出話ならたくさんしてくれるけれど、思えば中学生くらいのころのことはあまり聞かない気がする。何か意図して言わないでいる……とはあの真夏くんに限ってないだろうから、たぶん、話の流れでたまたま話題にのぼらないだけだとは思う。

ただ、どうあれ去年の話が出ないのは、わたしとしては助かるところだった。そのころの話はあまりしたくない。真夏くんの話ならいくらでも聞くけれど、わたしの話をしたくないのだ。真夏くんが知らないでいてくれるならずっと知らないままでいてくれればいい。そう思っているから、わたしの話は——特に一年前の話は、決して真夏くんにはしたくなかったのだ。

「うう、暑いよお」

次の授業は外での体育。体操服に着替えて、昇降口までの廊下を奈緒と並んでだらだらと歩いた。

夏が近づいてきたこの頃、気温は上がる一方で、そのうえ雨があまり降らないくせに明けきらない梅雨のせいで空気はじめっとしたまま。着替えたばかりの体操服は、すでに汗で湿っている。こんなときに外で体育をするのは女子高生には少し酷だ。みんな不満たらたらで、普段から真面目な子たちだけがいち早く準備に取りかかっていた。

「もうやだよぉ。体育だるい。保健室で寝てたい」

「奈緒は部活で外慣れてるじゃん。これくらいの暑さ平気でしょ」

「部活と体育は違うって。それにハンドボールなんて……あたしテニス以外の球技は好きじゃないいんだよね」

「わたしはハンドボール好きだよ。みんな滅多にボール回してくれないけどさ」

「あはは、そりゃそうだよ。だって昴って球技下手くそなんだもん。あんたは運動神経いいのか悪いのかわかんないよね」

ぶふっと噴き出して笑う奈緒を、眉を寄せて睨《にら》む。

「悪かったな下手くそで！　わたしは楽しんでるんだからいいじゃん」

「ま、そうだよね。楽しいのが一番だよ」

「なんか釈然としないなあ」

「なんでよ。あたし昴がへったくそなフォームで思いきりボール投げる姿好きだよ」

「うわ、嫌味にしか聞こえない」

というわたしの嫌味を笑ってスルーしていたそのとき、何かを見つけたのか「あ」と声を上げて、奈緒は廊下の窓の外、中庭に向かって指を差した。

「何、もう」

「宮野真夏がまた告白されてるよ」

「えっ？」

中庭には、花壇が並び、隅に小さな倉庫が建っている。その脇に、男子がひとり、女子がひとり立っていた。男の子のほうは背中を向けていて顔は見えないけれど、確かに真夏くんだった。

「……いやでも、告白とは限らないんじゃ」

「限るよ。告《こく》る以外にあんなところで何すんの、緑化委員でもあるまいし。てか緑化委員でもあんなところで立ち話しないよ」

ずばりと言われ、ぐうの音も出なかった。確かにあの雰囲気はただの立ち話ではなさそうだし、見れば、向かいの校舎からも何人も覗いている人がいる。やはりこれは告白現場で間違いないらしい。またすぐに噂が広まりそうだ。

「しかし宮野真夏相手によくやるね。最近多いけど、夏休み前だからかな」

「それって、夏休みに入ると会えなくなるから？」

「付き合えば夏休みの間独り占めできるじゃん。あんな男の子自分のものにできたら最高でしょ」

「独り占め……」

真夏くんと向き合っている女の子は、リボンの色からして一年生だ。小柄でスタイルもよく、いかにもモテそうなタイプの女子。わたしとは全然違う。

「あれってたぶん、男バスのマネージャーじゃないかな。可愛いって結構話題になってる子だよ」

「ああ、うん、遠目で見ても可愛いもん」

「ね。でもおそらく自分でそれをわかりきってるところが好きじゃないけど。こんなに人目につくところで堂々と告ってるんだから、よほど断られない自信があるんだろうね」

そりゃそうだ、わたしだって、もしも自分が男だとしてあの子に告白されたらまず断ったりしない。

真夏くんは、どうだろう。

もしも、真夏くんに彼女ができたなら、その子には部活のことを話すのだろうか。そうしたらあの屋上での活動はふたりだけの秘密じゃなくなるし、それどころか毎日真っ暗になるまで部活にかまけるわけにもいかなくなって、天文部の活動自体なくなってしまうのかもしれない。

「おっと、やばいよ昴。そろそろ行かないと」

「あ、うん」

中庭の隅にはまだふたりが立っていて、告白の結果がどうなったのかまでは知ることができなかった。

ただ、その結果によってはわたしの放課後が変わってしまうだろう。

わたしと真夏くんの繋がりって、小さすぎて、いとも簡単にちぎれてしまうようなものなのだと、改めて思ってしまった。

体育の授業を終えて、外の水道で顔だけ洗った。冷たい水に急激に肌が冷やされるのがなんとも言えず心地良くて、大げさだけど生きているって感じがした。

みんなが言うほどには、陽射しの強い昼日中に汗にまみれることを苦に思わないのは、やっぱりまだ、体を動かすことが好きだからなのだと思う。

「昴、早くジュース買お。のどカラカラ」

「うん、わたしも。今日はなんか活躍したなあ」

「あっはは、あれで？」

昇降口に戻りさっさと蒸れたスニーカーを脱ぎ捨てた。自分の背より高い下駄箱の一番上、『しのざき』と適当な丸文字で書かれたそこへスニーカーを突っ込む代わりに上履きを取り出す。

そのとき、ふいに上履きと一緒に何かが滑り出してきた。ひらひらと下に落ちたそれを拾い上げてみると、中が見えないように三つ折りにされて、星のシールで留められたメモ用紙のようだった。

なんだろうと思いながらシールを剥がしてメモを開く。

内容を読んで、ぎょっとした。

『昴センパイへ

今日はちょっとだけ遅れます
真夏』

「……」

まさかこれは、真夏くんからの手紙？

いたずら、ではないはず。真夏くんとのことは他の誰も知らないし、そもそもこんな内容じゃいたずらになりようもない。

「昴、どうかしたの」

奈緒に声をかけられ慌ててメモを隠した。運よくメモ自体は見られなかったものの、行動を不審に思われ、思いきり訝《いぶか》しげな顔をされた。

「……今、何か隠した？」

「な、なんでもないよ」

「へえ……まさか、ラブレター入ってたとかじゃないよね」

「まさか！　そんなわけないじゃん！　下駄箱にラブレターとか古すぎだし、あるわけないないないない」

「いや、そうとも言えないよ。何もメールや電話だけが相手にものを伝える手段じゃないしね」

「だ、だとしても、わたしがラブレターなんてもらうわけないじゃん。あはは」

「……まあ、それもそうか」

そこで納得されるのも腑《ふ》に落ちないけれど、話を長引かせたくないから言い返しはしない。それに、確かにこれはラブレターじゃなくて業務連絡みたいなものだ。わたしがラブレターなんてもらえる日はまだまだ来ないだろう。

歩き出す奈緒を追いかけながら、メモをポケットにしまった。


いつもは真夏くんのほうが先に来ているのに、今日は屋上へ続くドアの前には誰もいなかったから、ひとりで先に屋上へ出ていることにした。

梅雨明けはまだだけれど、この一週間、真夜中や朝方に降ることはあっても、一日中続くようなまとまった雨は降っていない。今日も星がよく見えそうな晴天だ。

「……遅くなります、真夏。だって」

もらったメモを読み返してみる。大人っぽい綺麗な字が、最近知った真夏くんの印象からは少し意外に思えた。

つつ、と、メモの上の黒いインクを指先でなぞってみる。

「昴センパイ！」

そのとき、勢いよくドアが開き、珍しく慌てた様子の真夏くんが現れた。

「ごめん、ちょっと遅れた」

「うん、これ読んだから遅れてくるのは知ってたよ」

持っていたメモを見せると、真夏くんはほっとしたように息を吐いた。

「見てくれてたんだ、よかったあ。もし見てなかったら帰っちゃうかもしれないと思って、急いで用事終わらせてきたんだよ」

「それにしても早かったね」

「教科係の仕事があっただけだから。すぐ済まして逃げてきた」

どちらからともなく並んで座る。三日目以降、真夏くんはどこから持ってきているのか小さなレジャーシートを持参するようになったけれど、今日は急いでいたせいか手ぶらなので、揃って地べたに体育座りをする。

「心配しなくても、たぶんメモがなくてもしばらくは待ってたよ。いないからってそんなすぐ帰ったりしないって」

「でも、わかんないし。おれが今日は来ないんだって思われてセンパイも部活に来なかったら、どうしようって思っちゃって」

「ああ、そっか。考えたら、わたしがいないと真夏くんって屋上に上がれないんだよね。なら今日みたいな、時間がずれそうなときの連絡って必要かあ。どこですれ違っちゃうかわかんないし」

真夏くんに合鍵を作ってあげるのが一番手っ取り早そうだけど、さすがにそれには高良先生の許可がいる。先生ならいいよって言いそうな反面、わたしが部活に参加しなくなると勘ぐって許可しない可能性もある。むしろそっちのほうが濃厚だ。

「じゃあまた何かあったら手紙書くね。センパイの下駄箱に入れておくから。そうしたら問題ないでしょ」

「それでもいいけど……面倒だろうからメールにしようよ。そっちのほうが確実だし」

「無理。おれ携帯持ってないから」

「へえ……えっ？　携帯持ってないの？」

「うん」

「持ち歩いてない、ってわけじゃなく？」

「自分の携帯を持ったことがないんだよ」

「……あ、わたしに番号教えたくなくて嘘吐いてるっていうなら、気にしなくていいからね。無理に聞く気はないから」

「そういうんじゃないよ。昴センパイに教えたくないことなんてないし」

すまし顔で答える真夏くんに、わたしは頭を抱えそうになった。

ちょっと待ってくれ。嘘でしょう、小学生だって当たり前にスマートフォンを扱うこの時代に、携帯を持っていない高校生がいるなんて。

天体望遠鏡を持っているくらいだから、特に経済的に苦しいわけでもないはずだ。

夜遅くまで学校にいるし、門限もなさそうだから、親が厳しいって様子でもない。

「別に、今まで必要なかったから持ってないだけだよ」

聞いたわけではないけれど顔に出ていたのだろうか、真夏くんがぽつりと呟いた。

「だから、用があるときは手紙入れるけど、いい？」

「えっと……いいけど、面倒なら高良先生に伝言を頼むとかでもいいんじゃない？　手紙を入れるときに他の人に見られちゃうかもしれないし」

「面倒じゃないよ。それに、昴センパイが困るようなことはしない」

「なら、わたしはそれでいいけど……」

でもどう考えたって面倒だ。わたしがではなく、真夏くんが。いちいちメモを書いたり、下駄箱に行ったり、それを誰にも見られないようにしたり、ただの手間でしかないのにどうしてわざわざ進んでやろうとするんだろう。わたしだったら絶対にやらない。

……もしかして真夏くんとしては、屋上でゆっくり天体観測をするためならどんな面倒でも苦にならないのだろうか。望遠鏡の組み立ても、女子たちに気づかれないよう毎日ここへ来ることも、わたしへの手紙も。うん、きっとそうだ。

「ねえセンパイ、そういえば、急いで来たから望遠鏡を持ってくるの忘れちゃったんだよね。今日は肉眼での観測でいい？」

存在感抜群の大荷物がないことにはもちろんすでに気づいていたから、真夏くんの提案にはすぐに頷いた。天体観測の方法が望遠鏡を使うだけではないこともう教えてもらっている。

「あの大荷物って毎日持ってくるの大変じゃない？　場所教えてくれたらわたしも持ってくるの手伝うよ」

「慣れてるから別に大変ではないけど……部室に置いてあるんだよ。今度案内するね」

「え、部室なんてあったんだ。この屋上が部室みたいなものかと思ってた」

「うん、ここも天文部専用だけど、部室ももちろんあるよ。教室じゃなくて倉庫みたいなところなんだよね」

「あ、倉庫っていえば、真夏くん今日、中庭の倉庫のところで告白されてたね」

昼間のことを思い出した。真夏くんが告白されているシーンを見かけたことはこれまでにも何度かあったけれど、こうして知り合ってからははじめてだ。とはいえわたしの知らないところでは告白されていたのかもしれない。

「センパイ……それ、なんで知ってるの？」

「見てた。体育に行くところだったから、廊下で見かけてね。ねえ、オッケーした？」

「断った」

「え、信じらんない！　あんなに可愛い子だったのに」

「可愛いからって、付き合わなきゃいけないわけじゃない」

真夏くんは少しむすっとした顔をして、視線を逸らす。

「でも、わたしが男なら絶対に付き合ってるよ。自慢できるもん、あんな彼女」

「昴センパイ趣味悪いね」

「え、趣味悪いかな」

そんなの言われたことないし、むしろわたしはどちらかというとメンクイだ。それにあの子は可愛いと評判だそうだから、やっぱりおかしいのはわたしじゃなく、真夏くんのほうだ。

「好きじゃない人と一緒にいてさ、何が面白《おもしろ》いの？」

真夏くんがぽつりと言う。

「面倒なだけだよ。センパイはどう思う？」

「さあ……わかんない。好きじゃなくても付き合えば距離が近づくものなのかなあと思ってたけど。わたし、誰かと付き合ったことってないから」

「えっ……そうなの？」

真夏くんは驚いた様子で振り向き、何やら言いたげに口をもごもごしはじめた。しかし結局何も言おうとはしない。

「……ねえ、もしかして馬鹿にしてる？　高二のくせに彼氏もいたことないのかって」

「ち、違うよ……そうじゃない」

「でも笑ってるじゃん！」

「そうじゃないってば」

否定するくせに真夏くんはひょいと顔を背けてしまう。

いまいち納得いかなかったけれど、これ以上何も言う気がなさそうなので、まあいいかとため息を吐き話を元に戻した。

「真夏くんはどうなの？　これまでの彼女といて、楽しくなかった？」

「おれ？　おれは……」

真夏くんが顔を上げ、空を見る。

「断るのが面倒で付き合ったこともあったけど、思ってたのと違うっていつもすぐフラれちゃうんだ」

「真夏くんが？」

「うん。頑張ってたつもりなんだけど、おれもつまんないのがどっかで滲《にじ》み出ちゃってたのかもしれない。なんにも面白くないんだもん、好きでもない人と一緒にいて、好きでもないことをやったって」

「真夏くんって、ちょっと変わってるからなあ」

「そう思われてることは知ってるんだよ」

「怖くないの？　人と違うって思われること」

「昔はね、そう思われたくなくて必死で隠してたよ。なるべくまわりの人と同じになるようにってさ」

「じゃあ今は？」

「今は」

真夏くんがわたしを見る。

どきりとしたのは、この視線を少し苦手に思っているからだ。わたしにない真っ直ぐな芯の通った目を見ていると、羨ましくなって、同時に少し情けなくなってしまう。

けれどわたしが目を逸らすのより先に、真夏くんが視線を上に戻した。

屋上を通る風は少しずつ温度を変えてきている。夕暮れが近づいている。

「今は違うよ。自分の大好きなこと、真っ直ぐに追いかけて見続けているつもり。誰に何を言われようと関係ない。自分にとって確かであればいい。自分だけが大好きだって思えればいいんだ」

「……考えが、変わったことって、何かきっかけがあった？」

「うん。そういう人に出会ったから。自分の好きなことに一生懸命で、他に見向きもしないで目の前だけを追いかけてた。その人は誰よりきらきらしてかっこよくてさ」

「それって、真夏くんのお兄さん、じゃなくて？」

「まさか。兄貴は確かにおれ以上に好きなことに没頭する性質だけど、歳が離れてるのもあるのか自分には重ねられなかったんだよね。兄貴はおれに星の楽しさを教えてくれた人で、おれを変えてくれたのは、また別の人」

真夏くんは鼻の先を少し上に向け、空の匂いを嗅ぐようなしぐさをした。もうすぐ来る夜の気配を、探しているようにも見えた。

「その人のしてること、おれとは全然違ったんだけどね。でも、おれも、あんなふうになりたいって思った。その人はおれの憧れなんだ」

「憧れ……」

真夏くんが空を見上げたままで頷く。

「その人のおかげで、今のおれがいる」

もしも、わたしが一年前のわたしなら、この真夏くんの〝憧れの人〟と似ていたかもしれないと思った。好きなことに一生懸命に打ち込んで、夢を追いかけ、そんな自分のことに胸を張れていたわたしなら、今こうして話に聞くだけの知らない誰かのことを羨ましく思うことなんてなかっただろう。

何かひとつ、自分にとって大切なものがあれば、人は何があっても前に進める。わたしはそう思っている。

わたしもずっと持っていた。それさえあれば他には何もいらないと思えるくらい大切なものを。目の前の道どころか、世界全部を照らすくらいの奇跡みたいな大きな光を。

わたしは今も、覚えている。

「まるで、お日様みたいな人だった」

◇

ようやく梅雨が明けたのに、梅雨の時季にあまり降らなかった雨が今になって降り出した。

夜中からの中途半端な雨空は、昼を過ぎた今になっても続いている。

「雨、嫌だなあ。外で練習できないじゃん」

「テニス部も室内コート作ってくれればいいのにね」

「本当それ。午後練も筋トレかピロティで壁打ちだよ。やだなあ」

「でも基礎を鍛えるのも大事だよ」

「そうだけどぉ」

奈緒をなぐさめながらの教室移動中、窓の外には黒い雲が空に蓋《ふた》をするみたいに敷き詰められていて、これじゃさすがに星なんて見えないなと思いながら歩いていた。

「昴センパイ！」

そのとき、ふいに呼ばれて振り返った。大きく手を振りながら廊下を走ってくる見慣れた姿を見つけ、わたしも思わず「ああ」と呟き、懐かしい名前を呼んでいた。

「……さゆき」

「お久しぶりです、昴センパイ」

さゆきは、中学時代の後輩だ。さゆきがこの学校に入学したのは知っていたけれど、話をするのはわたしが中学を卒業したとき以来だった。小柄で引き締まった体格も、日に焼けた短い髪も、以前と少しも変わっていない。

「昴センパイが見えたのでつい声かけちゃいました。センパイと話したかったのになかなか会えなくて。入学してからもう三ヶ月も経っちゃいましたよ」

「そうだよね。でもさゆきのことは高良先生から聞いてたよ。部活頑張ってるみたいじゃん」

「はい。あたし、この間の地方大会で優勝したんですよ。それに自己新も出せて」

「うん、それも聞いた。おめでとう。どんどん記録伸ばしてるね」

さゆきは、中学の頃わたしと同じ部活に入っていた。

陸上部。スプリンターで専門は１００。陸上を本格的にはじめたのは中学に入ってからだそうだけど、二年に上がった頃からぐんと力を伸ばしはじめた実力のある選手だ。小柄なのにとても力強い走りをする。目の前の空気の壁を突き抜けるみたいにして駆けていく姿は体格に似合わない迫力があった。

走るのが大好きなんだって思いがひしひしと伝わってくる。だからわたしはさゆきの走りが好きだったし、きっと今後もっと力をつける選手だろうと思っていた。

今も、さゆきは陸上部に所属している。

うちの学校では数少ない短距離選手で、かつ実力も経験もあるさゆきのことは、高良先生も大いに期待しているようだった。

「先生言ってたよ。さゆきはうちの部の次期エースだって」

ついこの間話したばかりだ。今の二年には短距離が得意な選手がいない。三年生が引退をしたら次のスプリンターとしてのエースはさゆきだって、高良先生は言っていた。

異論はない。さゆきは今、うちで一番のスプリンターだ。まだ一年生だけどすでに全国でも上位を狙えるほどの実力がある。

「でもまだ昴センパイほどじゃないです。だって、センパイはもっと速かったから」

さゆきが一度目を逸らす。それからまた、少し表情を変えた視線でわたしを見上げた。

「昴センパイ……陸上部に戻らないんですか？」

真っ直ぐな視線を、どうにか逸らさないように受け止めた。大丈夫、自然に笑えているはずだ。

「戻らないよ。今のわたしじゃろくに大会も出られないって」

「でもセンパイ、走ることはできるんですよね」

「できるけど、もうさゆきのほうがずっと速いよ」

「……あたし、せっかくセンパイともう一度一緒に走るためにこの学校を選んだのに」

「うん、ごめんね」

さゆきのくちびるがきゅっと結ばれる。俯く顔に浮かんだ表情を見て、わたしが浮かべていたのと同じ顔だと、去年の夏の終わりの自分のことを思い出した。だからさゆきが、自分のことのように悔しがってくれているのだと知った。

「あたしこそごめんなさい。でも、昴センパイは今も、あたしの憧れだから」

「そっか。ありがとう」

わたしはもうそんな人間じゃないのに。そう思いながらも答えると、さゆきは小さく笑って頷いた。

「なんだか、嵐みたいな子だね」

手を振って戻っていくさゆきを見送っていたら、隣で奈緒が苦笑いを浮かべていた。

「いい子でしょ。後輩の中じゃ一番仲良かったんだよ。すごく懐いてくれてさ」

「でも、あんなに遠慮なしに、あんたに陸上の話するなんて」

「変に気を遣われるよりは楽でいいよ。嫌味で言うような子じゃないってことも知ってるし。他の人はよそよそしくて、あえて触れないようにしてるのがよくわかるけど、あの子はそうじゃなくて本心で喋ってくれるから」

「まあ、あんたがいいならあたしは構わないけど」

そのとき、ふいに声が聞こえた。休み時間で賑わう廊下の、人混みのどこからか聞こえた声だ。

「昴って……あの篠崎昴？」

誰が言ったかまではわからない。けれどその声と視線には、敏感に反応してしまう。

「篠崎って？」

「ほら、陸上の。久しぶりに見たわ」

「ああ、あの人ね。なんか雰囲気変わった？　影薄くなったよね。確か去年って、しばらく学校来てなかったし」

「入院してたんでしょ。陸上もそれきり辞めたって」

「でも普通に歩けてるじゃん。それでももう、走れないんだ」

他にもたくさんの声が集まる廊下。まわりの他の話し声はただのざわめきにしか聞こえないのに、どうしてか〝こういう声〟だけははっきりと耳に届くのだ。そのたびに、体の奥底の芯の部分が、すっと冷えていくような感覚がする。

たとえばさゆきのように、気を遣わずに話してくれるのは一番楽だ。でも遠慮して言葉を選んで話しかけてくれているだろう人のことも、心遣いはありがたいと思えた。

何より怖いのは、遠くの声だった。わたしに向かって話されているわけではないのに、すぐそばにいる人の言葉よりも深く突き刺してくる、見知らぬ周囲の言葉と視線が心底怖くて仕方なかった。一年前までは誰に何を言われようと、外野の声なんてまったく気にも留めなかったのに。

雰囲気が変わった、なんて、当然だ。変わらずにいられるわけがない。

「昴、行こう」

奈緒に腕を引っ張られた。わたしの様子に気づいたらしく、奈緒は足早に人のいないほうへと行こうとする。

「……ごめん奈緒、大丈夫だから」

「気にしないで。あたしも慣れてる」

「奈緒、ケンカ売りにいかなくなった分、大人になったよね」

「まあね」

奈緒が笑ってくれるおかげで、少しだけ温度が戻ってくる。

……だめだな、これでも随分気にならなくなったと思っていたけれど、まだ時々聞こえてくる〝ああいった声〟には過敏になってしまっている。わたしはもう何者でもないのに、なかなか思うようには〝特別だったころ〟を切り離せないでいるのだ。それでももう少なくはなったから、確かに、いつかは忘れられていくんだろうと思う。

「……あ」

ふと、一瞬立ち止まりかけた足を、どうにか進ませた。廊下の先で、真夏くんがこっちを見ていた。ただ、わたしが視線を外すより先に真夏くんのほうが目を逸らし、歩いていってしまった。

「あれ、今の真夏くんじゃない？」

と奈緒が遅れて言うから、そうかもねと答えながら階段をのぼった。

踊り場から見える空は、まだ、どんより雨模様。

こんな天気だからさすがに今日はやらないだろう。

放課後、一度屋上まで行ってみようかとも思ったけれど、この雨の中の天体観測はあの真夏くんでもさすがに無理だろうと思い直し、帰り支度をしてから下駄箱に向かった。

雨で中止になった部活も多いのか、いつもよりもこの時間に帰る人が多い気がする。昇降口にはたくさんの人。外に出れば色とりどりの傘。それらを眺めながら、上履きを脱いで、代わりに一番上の下駄箱から履き潰したローファーを取り出した。

するといつかのときと同じようにするりと落ちてくる一枚の紙。

「……」

ローファーをしまって、脱いだばかりの上履きをもう一度履いた。見覚えのあるそのメモ用紙を拾ってから、人の多い昇降口を離れる。

帰る人たちの邪魔にならない昇降口近くの自販機の横で、あたりを確認してから、メモの内容を確認した。

『昴センパイへ
今日は部室でやります
真夏』

まだ部室の場所は教えてもらっていなかった。しかし短い手紙の下には、部室の場所を示しているらしい地図がある。

印のつけられた場所を確認してから、メモをポケットに入れ、肩にかけた鞄を背負い直した。

示された場所は第二校舎の一階だった。

渡り廊下を抜けて第二校舎へ行き、美術室の前を通り過ぎる。美術室で活動中の美術部員はみんな静かに絵を描いていて、廊下を行くわたしのことを誰ひとり見向きもしなかった。

しとしとと降る雨の音とペタペタ鳴る自分の足音だけを聞きながら長い廊下を進むと、誰もいない家庭科室と、その手前の二階に繋がる階段に突きあたる……はずなのだけれど、真夏くんからの手紙に書かれていた地図には、階段のところに印がつけられていた。

念のため階段を見上げてみても、あるのは踊り場だけだ。とても部室になるとは思えない。どういうことだ、ともう一度手紙を見て、それからふと、階段の横のところに目を向けた。

美術室と階段の間には、いつもガラス戸で閉じられた外に繋がる出入り口がある。出入り口までのほんの数歩の廊下を、片方は美術室の壁、もう片方は階段の下を埋めた三角の壁で挟んでいて、その階段の壁のところに、古ぼけた扉がひとつ、ついていた。

「まさかこれ……かな」

扉の上には表札みたいなものがある。何か字が書かれているような感じはあるけれど、掠れていて書いてある文字までは読み取れない。

ためしに錆びついたドアノブを回してみると、意外にもスムーズに動き、扉が開いた。

　中は、天井が階段に沿って斜めに切り取られた狭い空間だった。少し埃《ほこり》臭いのは、汚いからと言うよりは、ここに積まれたたくさんの本のせいだろう。部屋の半分を占めるテーブルのほとんどと、横に置かれた小さな棚に、天体に関する本が今にも崩れそうなほど重ねて置かれている。

　ひとつしかない窓の手前には組み立てられた天体望遠鏡。もう見慣れたいつものだ。三脚に、真夏くんのお兄さんの名前が書かれている。

　天井には一面に、夜空の星と星座のポスターが貼られていた。古いのか、隅のほうは何ヵ所も破れて、テープで補強してあるのがよく目立つ。

　静かすぎて音がよく響くせいで、無意識に、呼吸を抑えてそれを見上げていた。この小さな空間が作っている世界を、壊したくなかったからかもしれない。

「あ、昴センパイ。もう来てたの」

　扉が開いて、真夏くんが顔を出した。背負っていた通学鞄を下ろすと、真夏くんは机の下から木の椅子をふたつ引っ張り出して、ひとつをわたしにくれた。

「この場所、すぐにわかった？」

「ちょっとだけ悩んだ。こんなところに扉あるの知らなかったから。それよりすごい本だね。これって全部真夏くんの？」

「違うよ。おれのもどっかにあるけど、もうわかんないな。これのほとんどがこれまでの部員の人たちが集めてきたやつだから。雨の日はね、大体ここで本読んだりして過ごしてるんだ」

　あとはあれ眺めたりとか、と真夏くんが、天井の星座の絵を指差した。

「ここで、ひとりで？」

「うん、静かで好きなんだ、ここ。人来ないしさ。こっちの棟の一階使ってるの美術部の人だけだし。あの人たち騒がないから好き」

「へえ……わたしもなんか好きだなあ。狭いからかな、すごく落ち着く。でも、見知らない空間に入り込んだわくわくする気持ちもあるよ」

　自分の知らない空気があって、わたしがいつも接しているものとはまるで違うけれど、妙に惹《ひ》きつけられてしまう。心地いいのと、そわそわしてしまう気持ちが同居していて、とても不思議な心持ちになるんだ。たとえるならそう、ここって、まるでそのまま真夏くんを表した場所って感じがする。

「うん、昴センパイが好きになってくれたならよかった。昴センパイならここ、好きに使っていいからね。ここは鍵ついてないし。おれ結構、授業もさぼってきてたりするんだ。この場所は先生も知らない人が多いから、滅多にばれないんだよ」

「でも、真夏くんは静かなのがいいんだよね。わたしがいたら邪魔でしょ」

「ううん、昴センパイはいいよ」

あ、またその答え。なんでわたしはいいんだろう。変なの。

真夏くんはどうしてかわたしなんかに構うけれど、わたしはきみの、迷惑になっていたりしないだろうか。

「昴センパイって、星座、何？」

ふと真夏くんが言う。わたしは首を傾げながら「ふたご座だけど」ととりあえず素直に答えた。

「ふたご座か。センパイ、ふたご座がどれか知ってる？」

真夏くんが天井を指差すから、つられて視線を上に向けた。階段に沿って斜めに切り取られた天井には、一面に星空の絵のポスターが貼られていて、星のひとつひとつが星座ごとに線で繋がれている。

「そういえば、知らないかも……自分の星座だけど、どんな形してるんだろ」

「じゃあ問題ね。ふたご座はどれでしょう？」

「え？」

「はい、これで指してみて」

と言って渡されたのは、どこからか発掘された古い竹製の一メートル定規だった。

悩みつつも、まったく見当もつかなかったのでとりあえず適当なところに定規の先を向けてみる。

「これかなあ」

「それはおおぐま座」

「じゃあこれは？　人間っぽい」

「それははくちょう座。天の川の中にあるでしょ。それの右下にあるのがこと座で左下にあるのがわし座。それぞれの一番大きく書かれてる星が、ベガとアルタイル。織姫と彦星ね」

「へえ……本当だ、天の川を挟んでる」

織姫と彦星を語った七夕の話なら人並みに知っている。薄っすらと星空の間を流れる白い川。そこに光るふたつの星を見て、大昔の人は、切ない恋物語を思ったのだろうか。

「まだふたご座には遠いよ、センパイ」

「あ、これは？」

「それはやぎ座」

「……これのどこがやぎなの？」

「おれに言われても。昔の人はそう見えたんだよ。ロマンチストだよね」

「わたしならマンタ座って付けるなあ。じゃあ、次はこれ」

「近いね。それはペルセウス」

「じゃあこれ」

「行き過ぎ。それはしし座」

「……ねえ、本当はふたご座、ここにはないんじゃないの」

また外れたところで一旦腕を下ろし、じとりと真夏くんを睨んだ。

「そんなことないよ、ちゃんとあるって。じゃあヒント。ふたごって言ってるくらいだから、対になってるんだよね」

「つまり左右対称ってこと？」

「そのとおり」

左右対称になっている星座？　こんなデタラメみたいな星の並びの中にそんなものあるのだろうか。綺麗に対称の星座なんて、そんなもの。

「あ、あった」

さっき指した、ペルセウスとしし座の中間あたりに、ふたりの人が寄り添っているようにも見える、確かに左右対称の星座があった。二個の明るい星を頭に置いた星座だ。

「正解。それがふたご座ね」

真夏くんは弾んだ声で言い、わたしから定規をひょいと奪うと、ふたご座にある明るい星のひとつを指し示した。

「これがカストル、ふたご座のお兄ちゃんのほうね。で、こっちのがポルックス、弟のほう」

「へえ、どっちがお兄さんだとかって決まってるんだね」

「うん。ふたご座の神話は知ってる？」

「ううん、聞いたことない」

「ふたりはね、すごく仲のいい兄弟だったんだ。お兄ちゃんのカストルが戦いで死んじゃって、弟のポルックスはそれを悲しんで自分も死のうとしたんだけど、ポルックスは不死身だったから死ぬことができなかった。その悲しみに心打たれた大神ゼウスが、ふたりがいつまでも一緒にいられるようにふたりを星座にしたんだって」

「へえ……」

「だから星になってもあして永く寄り添い続けているんだね。それから、カストルとポルックスは、航海の守り神とも言われてる」

「航海の守り神？」

真夏くんは軽く頷くと、定規を机の上に置いて、果敢にも積まれている本の中に手を突っ込み、そこから一冊の分厚い本を取り出した。

「セントエルモの火って知ってる？」

首を横に振ると、真夏くんはぺらぺらと本を捲っていき、真ん中あたりのあるページを開いて見せてくれた。載っていたのは嵐の海に漂う一隻の船の絵だ。波は大荒れ、空は真夜中のように黒ずんでいるけれど、船のマストの先端にだけ淡く光が灯っている。

「この光って、悪天候のときとかに、雷を帯びた雲の影響で現れる光なんだって。今じゃ原因がわかってるけど、昔の人にはそりゃもう神々しいものに見えていたんだろうね」

「これがその、セント……なんとかってやつ？」

「そう。セントエルモの火ね」

真夏くんの指が撫《な》でるように本の上を滑っていく。

「昔の船乗りたちは、その光がふたつ現れたときにはカストルとポルックス、ふたりの名前を呼んだんだ。そうしたら嵐がおさまるんだって」

「へえ……」

嵐の中に灯る光。一見恐ろしくもあるそれは、昔の船乗りたちにとっては天からの恩恵のようなものだったのだろうか。

「セントエルモの火は、船乗りたちの希望の光だった。だけどね、おれ思うんだ。セントエルモの火が現れても、本当は嵐がおさまったわけじゃない。そんな奇跡は起きっこない。でも、きっと船乗りたちが〝それ〟を見て希望を持つから、頑張ろうと思えるから、だから嵐も乗り越えられたんじゃないかって」

「船が嵐に沈まなかったのは、守り神の力じゃなく、船乗りたちの勇気だったってこと？」

「うん。セントエルモの火は、確かに希望の光だけど、でも、嵐を鎮める光じゃなく、嵐を乗り越えるため、船乗りたちに前へ進む勇気を与える、目印になる、希望の光だったんじゃないかな」

「希望の光……」

「カストルとポルックスは、ふたご座の兄弟はね、きっと互いが互いの目印だったんだと思う。前へ進むための、必ずそこに帰るための、大切な目印であり、目的地。ふたりはその目印をもう持っているから、持っていない人にも見せてあげるんだ。暗闇を行く人へ、迷わないための希望の目印。それがきっと、セントエルモの火なんだよ」

ぱらりとページが捲られる。しんと静かな中で、紙のすれ合う音だけがしている。

迷わないための希望の光、か。

それはもしかしたら、わたしが見ていたものに、似ているかもしれない。わたしがまだ夢を追いかけていたときに、どんなときでも目の前に浮かんでいたその〝光〟は、世界を照らしながら、わたしが進む場所を教えてくれていた。まさに夢へと続く希望の光だった。

「……まあ、でもこれ、実は兄貴の受け売りなんだけどね」

真夏くんは照れ臭そうに笑って、ぱたんと本を閉じた。分厚い本は、定位置でもあるんだろうか元あった山の中に丁寧に戻された。

「前に兄貴が話してくれたことがあってね。確かにそうだなっておれも思って、覚えてたんだ」

「そっか。確かに、なんかすごい話だな」

「兄貴はよくこういうこと話してくれるんだよ。本に載ってることも教えてくれるけど、自分の考えてることとなんかもたくさん話すんだ」

「真夏くんとお兄さんって、なんかふたご座の兄弟みたいだね。仲良くてさ」

「そうだなあ。兄貴が死んじゃうのは嫌だけど、星座になるのはいいかもね」

「はは、真夏くんならそう言うと思った」

「あ、そうだ」

つと、真夏くんは何かを思い出したようにもう一度本の山に手を入れ（どこに何があるか把握しているんだろうか）さっきとは別の一冊の本を取り出した。

「星座になりたい、で思い出したけど、そういえば昴センパイはもう星なんだよね」

「へ？　いや、わたし死んでないけど……」

「そうじゃないよ。見てこれ、写真が綺麗でお気に入りなんだ。解説がわかりやすく載ってるから、星に詳しくない人が読んでも楽しいと思うよ」

真夏くんが見せてくれたそれは星空の写真集で、季節ごとの夜空の写真と一緒に星の説明も書かれていた。星空素人のわたし向けの本だ。四隅が随分ぼろぼろなのは、古いからというよりも、とても読み込まれているからだろう。大事にされているような感じがする。

「これがセンパイ」

真夏くんがあるページを開いた。真っ暗な空の中にふわりと光る星のかたまりの写真がある。横には『スバル』と名前が書かれている。

プレアデス星団、て言うんだっけ。自分の名前と同じなのに、あまりスバルのことは知らない。

「昴センパイの名前って、このスバルから取ったのかな」

「そうらしいよ。深い意味はないけど、綺麗だからって。両親とも星に詳しいわけじゃないんだけど」

「へえ、そっか。羨ましいな」

何が羨ましいのかわたしにはわからないけれど、真夏くんはしみじみと呟き、写真の中のスバルを人差し指で撫でた。自分のことじゃないのに思わずどきりとしてしまうほど、愛《いと》おしそうなしぐさだった。

しかし、真夏くんは何かを思い出したように突然ハッと顔を上げると、ばたんと本を閉じ、立ち上がる。

「ちょっと待って。こんなことしてる場合じゃなかった。読書は一旦中止」

「え？」

「昴センパイに見せたいものがあったんだ。ねえ、ちょっと手伝って」

そう言ってなぜか真夏くんはカーテンを閉めはじめた。雨空ですでに暗かった部屋の中が遮光カーテンのせいで余計に真っ暗になるけれど、それだけじゃまだ足りないらしい。

「隙間、埋めて。ガムテープとか、そこら辺のものでカーテン留めちゃってもいいから。外の光が入らないように」

一切ついていけていなかった。何が起きているんだ。

だけど真夏くんの謎の行動に振り回されるのには慣れてきたところだ。湧き出る疑問を片づけるには、とりあえず言われるがままやるのが一番の近道になる。尋ねるよりも、黙って成り行きに任せるのが手っ取り早い。

ということで、渡されたガムテープでカーテンの下のほうを留めていく。そして数分後、部屋はすっかり真っ暗になった。ほんの少しの光も漏れない、自分の指先だって見えやしなくて、目を瞑《つむ》っても瞑らなくても景色は何ひとつ変わらないくらいだ。

「よし、昴センパイは危ないからここに座ってて。あとはおれがやるからね、動かないでね」

「う、うん。電気点《つ》けようか？」

「大丈夫だから座ってて」

「あ、はい」

真夏くんに言われた場所で、床にぺたりと座り込んだ。わたしには今いる場所がどこかすらよくわからないのに、真夏くんはまだ、真っ暗闇の中で何やら作業をしているらしい。

ゴト、とか、ガタ、とか、イテ、とか。目の前の真っ黒いところからいろんな音が聞こえてくる。

「真夏くん大丈夫？　絶対どこかぶつけてるよね」

「大丈夫。ちょっと待ってね。これでいけると思うから」

「でも真っ暗だよ、危ないって。やっぱり電気点けようか」

「あ、ここかな。よいしょ」

「ねえ、真夏くん」

無理しないでと、言おうとしたときだった。

カチリと音がして、瞬間景色が、色を変えた。

暗闇に慣れた目は少しの光も眩しくて、思わず目を閉じ、また開けたとき……数えきれない光の粒が、あたり一面に浮かんでいた。

いつの間にか宇宙の中だった。

テーブルも、本棚も、壁も天井も床も。それからわたしと真夏くんも。全部の輪郭がなくなって、すべてが星空の一部になっていた。

いつも見上げていた星空が、ぎゅっと縮まってすぐそばにある。満天の星だ。

「……すごい。何これ、どんな魔法？」

「ふふ、魔法っていいね。でも魔法じゃなくて科学。プラネタリウムだよ。今までの部員の作ったやつ参考にして作ってみたんだ」

「これを真夏くんが作ったの？」

部室の真ん中に、椅子の上に乗せられた小さな機械があって、それがゆっくりと回転しながら無数の光を飛ばし、この部屋を大きな宇宙に変えていた。プラネタリウムなんて専用の施設でしか見られないものだと思っていたけれど、こんなにも手軽に自分の手で作れてしまうものなんだ。

こんなにも簡単に、宇宙を味わえるなんて。

「ほらセンパイ。スバルはあそこにあるよ」

真夏くんが示した先に、さっき写真で見たのと同じ光のかたまりがある。ひとつ、ふたつ……むっつの小さな光の集まり。

「本物は今の時季にはまだ見えないんだけど、これならはっきり見えるよね」

スバル。わたしの名前と同じ光。

ゆっくりと、それは天井から壁へと位置を変えて、本物の空が動くのと同じように徐々に高度を下げていく。

小さな夜空を巡る光。

手を伸ばしてみる。伸ばした自分の手の上にも、知らない星が通り過ぎていく。それを目で追いかけた、先で。真夏くんのことを見た。

「あ……」

スバルが、真夏くんのほっぺたの上にいた。

綺麗だと、思ってしまった。真夏くんと、そこで輝く、偽物だけど小さな光を。

胸の音はとても静かなのに少しずつ熱くなっている気がする。じわじわと、火が燃え広がるみたいに興味と憧れの熱が大きくなった。夢中で、惹きつけられてしまった。だから、どうしようもなく触れてみたくなったのだ。そのとても綺麗なものから目を離せなくて、無意識に手を伸ばしていた。

「……」

気づいたのは、右の手のひらに自分のとは違う熱い温度を感じてからだ。

真夏くんの目が丸く見開かれ、数秒経ってから、ようやくわたしも同じ顔をした。

「うわあっ！」

「……」

「ご、ごめんなさいっ！　ごめんなさい！」

真夏くんはしばらくぽかんとしたあと、ぐぐぐと眉を寄せ目を逸らした。

そうだよね、そんな反応になるはずだ。

だってわたし今、思いきり、真夏くんの顔に触ってしまったのだから。

「つい……ごめん、出来心！」

顔が燃えている。恥ずかしすぎて今すぐ消えてしまいたい。星になりたい。今なら
すごく星になりたい。

なんてとんでもないことをしでかしてしまったんだろう。わたしたち、手すら繋ぐ
予定もないのに。

「綺麗で、あの、真夏くんの顔にスバルがいて……綺麗だなって、あの、本当にごめ
んね……」

言い訳ももはや何を言っているかわからなくなって、頭のどこか冷静な部分が自分
を心底罵倒していた。綺麗だから触るなんてどこの変態の犯行理由だ。ただでさえ親

しくない人に触られるのって嫌なものなのに、顔とか一番最悪な場所じゃないか。おまけに真夏くんのだぞ。あの真夏くんの花のかんばせ。恐れ多くて泣けてくる。他人に知られたら殴られる程度じゃ済まなそうだ。

「わたし二度と、手を伸ばして触れるような距離には近づきませんから。どうか許して……」

「別に、いいよ。嫌じゃない。びっくりしただけ」

「え……え、あれ、怒ってない？　気持ち悪くない？　引かない？」

「怒ってないし気持ち悪くないし引かない」

「そんな馬鹿な」

「ちょっと触られたくらいで怒らないよ。昴センパイはおれをどんな人だと思ってんの？」

ようやくこっちを見てくれた真夏くんは、まだくちびるを尖《とが》らしている。ほら、やっぱり怒ってるじゃん！

「……だって真夏くんってパーソナルスペース超広そうだし。べたべた触られるのとか毛嫌いしてそうだし」

「確かに嫌だけど……本当に怒ってないから。急で、驚きはしたけど。昴センパイならいいよ」

あ、ほら、またそれ。わたしならいいって、なんなのそれ。

わたしは何も特別じゃない。きっときみのためになんて何ひとつできないし、他の誰とも違わない。

なのになんでわたしならいいんだろう。なんで真夏くんはわたしに構うの。

何を考えているのか全然わからない。それなのにそんなことを言うんだから、わたしが変に勘違いしてしまったら、どうする気なんだろう。

「あ」

真夏くんが声を上げる。

一瞬目を瞑ったのは、伸びてきた手に驚いたせいだ。目を開けるとの同時に、頬に柔らかな感覚が触れて、そのあとでゆっくり温度が伝わってくる。

「今度は昴センパイに、スバルがいる」

一層熱くなったのは気のせいなんかじゃない。

真夏くんの指先が触れているところだけ、まるで魔法みたいに、焼けているみたいに熱くなる。

「おあいこだね。これでフィフティーフィフティー」

「は、はい……」

「センパイ、触るのはいいんだけど、これからは言ってからにしてね。さすがのおれでもびっくりする」

「は、はい」

触らせて、なんて、言えるはずないけれど。いつかそういう日も来ればいいと、分不相応にも少しだけ期待してしまう。

特別じゃないわたしは、きみの特別にもなれないことはわかっているから、今だけ全部忘れて、この瞬間を楽しませてほしい。

「昴センパイ、大丈夫だよ」

真夏くんが笑う。あんまりにも優しくて、やっぱり綺麗だって思った。

「怖くなんかない」

明かりを全部追い出して、光を閉じ込めた手作りの夜空を、いくつもの光は消えないまま、瞬《またた》いて、ぐるぐると泳いで回る。

「真っ暗闇じゃないよ」

雨の日の夕暮れ時。小さな手作りの宇宙の中。

三百六十度に広がる星空を、ふたりで、見ている。

第三章　三日月ビビッド

夏休みまであとわずかという七月のなかば。

みんな間もなく来る夏の本番に浮足立っているけれど、当然授業はまだいつもどおりごく普通に行われていて、生徒たちの時間を潰していく。黒板のチョークの音、おじさん先生の眠くなる声、ジワジワ鳴く蝉の合唱。生温い空気はその全部を絡めて纏《まと》わりつくから、鬱陶《うっとう》しくて気持ち悪い。

夏は、あんまり好きじゃない。

空を見ている間は関係ないし、忘れられるけれど、夏は、本当に、全然好きじゃなかったんだ。

授業に飽きて眺めてみた窓の外では、二年生が体育をしていた。昴センパイのクラスだ。ドッジボールみたいなあれは、ハンドボールっていう球技なんだってこの間昴センパイが教えてくれた。センパイは、上手か下手かはともかく、ボールを受け取るたびに一生懸命投げているのはわかるからいつだって真剣にやっているみたい。球技は好きなんだと、センパイ自身も言っていた。

試合が終わって、コートから解散していくところで、たまたま、昴センパイがこっちを見上げてくれた。おれはずっと見ていたけれど、昴センパイはおれのことに今気づいたみたいで、随分驚いた顔をされた。小さく手を振ってみたら、慌てて目を逸らされて、代わりに近くにいた全然知らない人たちが騒ぎながら振り返していた。

「えっと、宮野くん」

呼ばれて振り返る。先週の席替え後から隣になった男の子が、何か申し訳なさそうな顔で自分の教科書をつんつんと突いていた。

「あーっと、ごめんね。今から隣同士で教科書読みあえって」

「ああ、うん」

閉じたままだった英語の教科書を開く。ページがわからないでいると、隣の人が親切に教えてくれた。ありがたい。いい人みたいだから、あとで名前くらい確認しておこう。

「なんか悪いね、邪魔しちゃったみたいで。宮野くんに、っていうか下の女子たちに謝ったほうがいいのかな」

「何を？」

「何をって、手ぇ振ってたじゃん。おれんとこからじゃ見えないけど、騒ぐ声なら聞こえてたし」

ああ、さっきのことか。あれならもう昴センパイには見てもらえたから、邪魔になんてなっていないのに。

「珍しいね、宮野くんが今みたいにファンサービスしてあげるのって。宮野くんってさ、すげえモテるくせに冷静で、余裕があってかっこいいよね。おれだったらすぐ調子乗っちゃいそうだよ」

苦笑いを浮かべる隣の席の人。おれだって今のはたまたま勘違いをされただけで、いつもなら知らない人にはろくな対応してないし、内面を見ればおれなんかよりもきみのほうがよっぽどモテそうだ。なんてことは、言ったところで本音と思われないだろうから口にはしない。

高校に入ってから無駄な付き合いを避けるために必要以上に人と関わらないでいたら、冷淡だとか、孤高の人、みたいな妙なキャラ付けをされてしまった。おかげで余計な人付き合いをしないで済んでいるからありがたくある反面、作り上げられたイメージがひとり歩きしすぎて、本当のおれとかなり違ってきてしまっているんじゃないかという気がかりもちょっとはあったりする。

もちろん、だからといって訂正するつもりはさらさらない。他人がどう思おうが、どうだっていいし、知っている人は、おれのことをちゃんと知ってくれているから、それだけで十分だ。友達がいらないわけじゃないけれど、今は、必要な人だけがそばにいてくれればいいと思っている。今のおれにとって必要な人っていうのは、家族以外には、たったひとりしかいない。

「宮野くんは、おれらとは違うもんなあ」

本当は、何も違いはしないんだけどね。おれはみんなと同じで、好きなことだけに夢中になって、必死になってる、ただの人なんだ。


「真夏くん、ちょっといい?」

呼ばれたのはお昼休みに入ったときだった。授業が終わって、購買に行こうと立ち上がったタイミングで、見計らったみたいに女の子がひとり目の前に立った。最近多くて正直ちょっと面倒だ。夏休み前だからって誰かが言っていたけれど、なんで夏休み前だと多くなるのかはわからない。

校舎の端の踊り場に連れてこられて、言われたのは、やっぱりいつもと同じ言葉。

「好きです。付き合ってください」

ああ、これ言われるのって何度目だろう。昨日も別の人に言われたし、この間なんて最悪なことに昴センパイにも見られていたらしい。

好き。だって。

続けて冗談だよって言ってくれることを、いつも期待しているんだけど。

「あたし、ずっと、真夏くんのこと好きだったんです。入学式ではじめて見たときから、かっこいいなって思ってて」

「ずっと?」

「うん。真夏くん今、彼女いないみたいだから、もしよかったら、付き合ってほしくて」

可愛い子だ。小さくて、髪の毛がふわふわで、男が守ってあげないといけないような感じの子。確か同じクラスのはずだけど……名前はなんだっけ。覚えてないや、申し訳ないな。たぶん喋ったこともないんだと思う。少なくともおれは覚えがないよ。

おれはきみを全然知らない。

じゃあ、だったら。

だったらきみは、おれを。

「ねえ、おれのどこが好きなの？」

女の子が驚いた顔をした。まさかこんなことを聞かれるなんて思っていなかったんだろう。それはそうだろうね。だっておれもこんなの聞くのはじめてだし。

でも、いつも思っていたことだ。

「えっと……かっこよくて、物静かなところとか、冷静なところとか。他の男子と違って大人っぽくて、ずっと憧れてたの」

顔を真っ赤にして目を伏せながら、それでもひと言ひと言探すようにして女の子は答えてくれた。適当なことを言ってるとは思わない。この子はおれのこと、本当にそういうふうに思って好きになったんだろう。

「でもおれ、全然違うよ」

「え？」

思わずといった感じでおれを見上げた表情には、今度は驚きよりも困惑のほうが強く出ていた。

「違うって、何が？」

「あなたがさ、そういうふうに思うのは、たぶんおれが好きなこと以外に興味がないからだよ。わりと自己中心的で、興味がないことにはすごく無関心だし、それに話すの苦手でつまんなかったりもして、自分で言うのもなんだけど、結構おれって、顔だけっていうか」

いいところなんて全然ないんだ。かっこよくもないし、大人っぽくもないし、憧れを抱ける要素なんてひとつもない。

本当に誰かに憧れられるような人は、おれよりずっと、輝いている。

「だからね、本当のおれは、あなたの思ってるおれとは違うよ」

「それでもいいから……付き合ってください！」

緊張で声を裏返しながら、頭を下げる小柄で可愛い女の子。

一生懸命なその姿に、少しだけ考えるふりをしてみたけれど、ふりをしただけで、返す答えは本当は、最初から決まっていた。

教室に戻るのが億劫《おっくう》で、五時間目はさぼることにした。

部室に行くか悩んで、でも暑かったから保健室に行くことにした。保健室のドアを開けたら、なんでか知らないけれど順平くんがいて、ちょっとげんなりした。

「あらら、真夏じゃないの。どうした、さぼりか？」

「なんでいるの。そっちこそさぼり？」

「違いますぅ。松田《まつだ》先生が出張中だから、代わりに保健室の守りを任されてんの」

ソファでだらけて、おまけにお菓子まで開けてるくせに、仕事中だと言い張るとは。大人って楽でいいな。

「まあ順平くんならさぼりやすくていいや。頭痛ってことにしといて」

「こら、順平くんって呼ぶな。学校では高良先生って呼べって言ってるだろ」

「はあい、タカラセンセ」

貸し切りのみっつのベッドの中で、一番気に入っている窓のそばのに寝転がった。シーツは真っ白で皺《しわ》もなかったから今日は誰も使ってないみたい。ラッキーだ。かび臭くもなくて、お日様のいい匂いがする。

涼しくて心地良かった。静かだし、余計なものが順平くんくらいしかなくて気が楽だ。

息を吐く。目を瞑る。寝返りを打って、目を開くと、窓の外の景色が見える。今日の空も青い。濃い青色。まるであの日みたいな、息も止まりそうな夏の景色。

「ねえ高良センセ」

「ん？」

「なんでろくに話したこともない相手のことなんて、好きになれるのかな」

順平くんがお菓子をかじる音がした。おれは足元の毛布をこそこそと、お腹のあたりまで持ってくる。

「なんだよ真夏、もしかしてまた告白されたのか」

「うん」

「まじか、羨ましいなあ。ちょっと分けろよ」

「いいよ」

「いや、よくねえだろ。まったくおまえは」

ピッ、てエアコンから音がした。たぶん温度を少し上げたんだと思う。順平くんは、おれが暑いのも寒いのも嫌いなのをよく知っている。

「ねえ、なんでさ、おれのことを全然知らないはずなのに、好きになんてなれるんだろう」

自分の見た目が人を惹きつけるものだってことはわかっているつもりだ。おれはこの顔そんなに好きじゃないけれど、顔だけは人より優れているらしいって、今までさんざん面倒事があったおかげで十分にわかっている。

みんな、そんなおれの外見を気に入っているだけで、中身なんて何ひとつまともに見ちゃいない。おれがどんな人間なのか知りもしないくせに、好きだなんて、あんなに顔を真っ赤にしてまでよく言えたものだ。

「でもさ真夏、それはおまえ、言えた義理じゃないんじゃないの」

目だけを順平くんに向けた。順平くんは意地の悪そうな顔で笑って、クッキーを一口ぱきりとかじった。

「だっておまえなんて、ひと言も喋ったことないどころか、遠くからひと目見ただけの奴のこと、ずっと好きだったんだろ」

そっちのがひどいじゃねえかと、順平くんが笑う。

「……順平くんキライ」

「そうかよ」

毛布を頭まで引っ張り上げて、てっぺんから足の先まで全部が隠れて見えなくなるように包まった。埋もれたい。できることならこのまま地面に沈みたい。ああもう、最悪だ。

確かにそうなんだ。人のことは言えやしない。

相手はおれのことなんて知りもしないのに、ほんの一瞬遠目に見ただけの姿が頭から離れなくなってしまっただなんて。順平くんの言うとおり、おれに告白してくる女の子たちよりもおれのほうがよっぽどひどいし、救えない。

でも、どうしようもない。

「そういや、部活のほうは最近どうだ？」

順平くんが座ったせいで、ベッドが軽く沈んで軋《きし》んだ。

「変わりないよ。顧問がまったく顔出さないことも含めて」

近くなった声に、毛布にもぐったままで答える。

「悪いな。陸上部のほうが忙しくてさ、最近は大会が多くて」

「別にいいよ、困ってない」

「それはそれで寂しいだろ。でもな、今年の陸上部、一年にいいのが入ってきたんだよ。志藤《しどう》って言って、おまえの隣のクラスの奴なんだけど、知ってる？」

「知らない」

「だろうなあ、おまえって自分のクラスの子の名前も知らなそうだもんな。志藤さゆき、100が専門の期待の新人だ。他の学校からもスカウト受けてたみたいなんだけど、本人が望んでうちに来てくれたんだよ」

「へえ」

そんなこと言われたって興味ないけど。

あ、でもその人ってもしかして、この間センパイと廊下で喋っていた人かな。大きな声で昴センパイの名前を呼んでいたのを覚えている。おれは、呼べないのに。

「ねえ、速いの？　その人」

「ん、ああ。今は短距離得意な奴が少ないから、実力じゃすでにうちのエースだな。一年のわりに肝が据わってて大会でも物怖じしないし、大した奴だよ。でもまだ、あいつには及ばないけどな」

あいつ。そのエースって人よりも速い人。

誰、なんてもちろん聞かない。姿ははっきりと残っている。

「そういや、篠崎とは仲良くやってるみたいだな。正直ちょっと心配してたけど、うまくやれてるようでよかったよ」

「……」

「ひとりじゃないと寂しくなくていいだろ」

「別に今までだって寂しくなかった」

「じゃあ辞めさせてやろうか。おれが無理やり入れたようなもんだしな」

毛布から顔だけ出して覗いたら、意地悪な顔をした順平くんと目が合ったから、すぐにまた内側に引きこもって壁を作った。

「順平くんほんとキライ。どっか行って」

「拗《す》ねんなってもう、可愛いな」

「順平くんは屋上立ち入り禁止にするから。部室も」

「まじかよ。今後おれはどこで仕事さぼればいいんだよ」

「さぼらず真面目にやれば」

「なあ真夏」

毛布の上から順平くんの手のひらが触れた。ひとつふたつみっつと、跳ねるようにおれを撫でる手は、兄貴のそれと少し似ている。

「おまえ今、楽しいか？」

おれは答えないまま、もぞっと毛布の中で自分の体を抱きしめた。

目を瞑る。あの日の景色を思い出す。

そうして頭に浮かんだものは、変わらず何より、綺麗で鮮やかな光だった。

＊＊＊

小さな頃から宇宙が好きだった。

理由を聞かれてもうまくは答えられないけれど、どこまで広がっているのかもわからない夜空と、近そうで手が届きそうで、でも何万光年も向こうの光は、いつだって他にないほどおれの心をわくわくさせた。

没頭するとまわりが見えなくなるのは昔から変わらないところだ。人に合わせるのも苦手で、そのせいで友達に変に思われたりすることも決して少なくはなかった。

子どもって本当に容赦ない。少しまわりから浮いてしまうだけで自分たちの輪からどうにかして排除しようとするんだ。陰口を言われることもあったし、ときには真正面からひどい言葉を投げつけられたこともあった。

今思えばくだらないことばかりだ。笑い飛ばしてやればいいだけの話だったんだけど、小学生のときのおれはそれができなくて、どうしても耐えられなくて、悲しくて、ひどく、傷ついてしまった。

だから中学生に上がる頃には自分を隠すようになっていた。心を隠して、目を逸らした。興味のないことでもきちんと笑えたし、みんなにリズムを合わせるのもそのうち随分うまくなった。陰口を叩く友達も、急に仲間外れにする友達もいなくなった。おれのまわりにはいつもたくさんの人がいて、みんなおれを「自分たちの仲間」だと思ってくれた。

まわりの友達の好きなことだけをやった。バスケ、ファッション、恋愛。いろんな流行《はや》りのこと。代わりに自分の好きなものはダサくてみんなとは違うから、もうすっかりやめてしまうつもりだった。

……だけど、どうしても捨てられなくて、誰にも知られないように、こっそり大事にし続けた。

おれの世界。とても小さな世界。目を瞑って見ないようにしたってどうしたって真っ暗にはならなくて、消えない光がいつまでも、世界をどこかから、照らし続けていた。


中学三年の夏。夏休みに入ったばかりの、濃い青色をした晴れた空の日だった。

兄貴の友達だった順平くんに誘われて、高校生の陸上の大会を見に行った。インターハイってやつ。おれはあんまり知らないけれど、全国の人たちが集まるすごい大会だって聞いた。その年は久しぶりの地元の開催で、そのうえ順平くんが先生をやっている学校の人が出るというので、せっかくだから応援に行こうと、あんまりにも外に出ないおれを見かねて兄貴が無理やりに連れていったんだ。

真夏日、っていうか、猛暑日。

ニュースでこの夏一番の暑さになるでしょうってお天気おねえさんが言っちゃうほどの馬鹿みたいに空気が沸騰していた日。四方八方から蝉《せみ》の声が響いていて、アスファルトの上なんて景色がまぼろしみたいに揺れていて、元々夏が嫌いなのにさらに大嫌いになるかと思うような、そんな日。

競技場では選手たちがそれぞれの競技に励んでいた。飛んだり、投げたり、走ったり。観客席にも大勢の人がいて、みんな選手たちよりも暑苦しく競技場へ向かって声援を送っていた。

おれは観客席の一番後ろの日陰に入って、大きめのタオルを頭からかぶりながらみんなの様子を眺めていた。順平くんも兄貴も、順平くんと一緒に来た高校生の人たちもいつの間にかそばからいなくなっていて、おれの隣には荷物がずらっと並んでいるだけだった。

みんなは、あの前列のほうにいる熱狂的なサポーターの中に混ざったんだろうか。どうやらおれは動かないのを買われて、荷物当番に任命されたらしい。光栄だ。

頭に引っかけたタオルを引っ張って、抱えた膝に顔を埋めた。正直、今すぐ帰りたかった。暑いし、つまらないし、そもそもおれはスポーツ自体興味がないんだから、こんなところにいたって何をどう楽しめばいいかわからない。友達とやったバスケもサッカーもあんなにもつまらなかったのに、ただ走るだけなんてそれよりよっぽどひどいじゃないか。

こんなに暑い中、余計に暑くなるだけのことをしている人の気が知れない。みんな馬鹿だ。頭がおかしい。こんなことなら友達の誘いに乗って遊びに行くほうがまだいくらかましだ。

そう思っていた。

『On your marks――』

そのとき、どうしてか顔を上げた。

何かを考えたわけじゃない。響いた号令はすでに何度も聞いていたものだったから、それにつられたわけでもない。

ただ偶然、顔を上げて、見てしまった。

視線の先のトラック、１００メートルの直線上のその人のことを。

『――Set』

鳴り響くピストルの音と、地面を蹴り、飛ぶように走り抜けていく姿だけがおれのところまで届いていた。

今までおれは、まわりに合わせることがかっこよくて、それ以外のことはしちゃだめなんだと思っていた。だから本当の自分を隠して、友達に好かれる自分を作って、くたくたになりながらも笑って必死にみんなの輪の中に溶け込もうとしていた。だから気づけなかったんだ。自分の心根に大切なものがあることがどれだけ素敵なことで、それを真っ直ぐに追いかける姿が、どれだけ眩しくてかっこいいかってことに。

そして、もしかするとその姿は、他の誰かの光にもなり得るんだってことに。

――お日様のようだと、思った。

目の前の直線を誇らしく駆けていくその姿が、おれには痛いくらいに眩しく見えた。どうしてかって、きっとそれが、おれが一番になりたい姿だったから。

名前も知りもしない人の、見えないはずの心の奥を見た気がした。体中から声が溢《あふ》れているようだった。他の誰を見てもこんなことはまったく思わなかったのに、あの人からだけは目を離せなかった。

あの人は、走ることが他のどんなものよりも大切で、大好きなのだと、全身で叫んでいた。おれが夜空に憧れて、星に夢を見るのと同じように。でもおれと違ってその人は、自分にとって大切なものに向かって迷いなく突き進んでいる。

その姿がとても眩しく映った。きらきらして、誰よりも、かっこよく見えた。

呼吸も忘れるくらい見とれて、ゴールする瞬間まで、おれは他の何も目に映らないくらいその人だけを見ていた。大歓声が聞こえたところでようやく我に返り、胸に手を当てて呼吸をした。鼓動は、いつまで経っても治まらなかった。今すぐ大声で泣いてしまいたかった。

人波に紛れてあの人の姿はとっくに見えなくなっていたけれど、焼きつけられた光は消えなくて、心臓の奥の熱もいつまでも冷めそうになかった。

おれも、ああなりたいと思った。そして、胸を張っていいんだと気づいた。

好きなものを真っ直ぐに追いかけることは駄目なことなんかじゃない。むしろこんなにも輝いて、素晴らしくて、一瞬で世界の色を変えてしまうほどのことなんだって。

おれはあなたを見つけて、気づいたんだ。

＊　＊　＊

昴センパイへの連絡のお手紙は、授業中に下駄箱に入れるようにしている。休み時間だと誰かに見られてしまうかもしれないから、授業を抜けてくるのが一番安全で安心だ。

おれと知り合いだって人に知られることを昴センパイは嫌がる。その理由はセンパイに教えてもらって納得した。自分でも、どれだけ目立つかは自覚しているんだ。あの頃とは違ってむしろ中途半端な友達なんていらないのに、高校生にもなると、少し変わってるってくらいじゃ人は離れていかないから困る。面倒って本当、いつまでもなくならないものみたい。

兄貴からもらったメモ帳は、女の子が使うような可愛い星柄の模様が入ったやつだ。おれはもっとシンプルなのでもよかったんだけど、兄貴はこういうのが好きみたいで、メモ帳をちょうだいと頼んだら星形のシールと一緒にこれをくれた。特に文句はないからそれを使っている。小さなメモ用紙に、短いメッセージを書いて折りたたむ。

『今日はすぐに行けます』

こんなのをいちいち書く必要はないってわかっている。でも、こうして手紙を書いておいたらセンパイが必ず来てくれるような気がして、最初は用事があるときだけって言っていたくせに、いつの間にか毎日こんなくだらない内容のメッセージを送ってしまっている。

昴センパイの下駄箱は一番上の段だ。センパイは、靴が取りにくいから嫌だって前に言っていたけれど、おれとしては入れた手紙が人に見られにくい分いい位置だと思っている。勝手な都合なんだけど、誰にも見られずに手紙を渡すっていうのは実際結構大変だ。授業中に入れようと思うとさぼらなきゃいけないし、おれは人に見られていることが多いから、まわりにも気を配らなきゃいけない。

でも、昴センパイに迷惑をかけるのは嫌だし、おれが好きでやっているんだから文句はない。こんな些細な面倒だけでセンパイが毎日おれのところに来てくれるなら、これくらいのことはいくらでもできる。

この時季の屋上は陽射しが随分きつくなっている。蝉の鳴き声も多くなって、日が暮れるまでは静かになるときがない。

昴センパイは今日も、いつものタイミングで屋上まで来てくれた。慣れたように鍵を開けて、ふたりで一緒に屋上に出る。

星が出るまではひたすら待つばかりだ。いろいろお喋りしたり、本を読んだり、ふたりでぼうっと空を見たり。はじめは昴センパイ、つまんなそうにして寝ちゃったりしたけれど、今はたまにうつらうつらしながらも、なんとか起きていてくれる。

そういえば、最初に昴センパイがここに来たときは驚いたな。だっていつものとおりに順平くんがいると思ったら女の子がいたんだもん。おまけにパンツ見えてたし。見ちゃったこと、まだ謝ってない気がするな。まあいっか。だってね、おれも本当にびっくりしたんだよ。パンツが見えたからつい声に出してしまって、そうして振り向いた人が、あなたで。

「もうすぐ夏休みだね」

隣に座る昴センパイが間延びした声で言った。センパイは、夏の空気を嗅ぐみたいに空を見上げている。昴センパイって、お日様がよく似合う。

「そうだね。夏休みだ」

「わたし来年は受験生だから、好きに遊べるのは今年までじゃん。だからすごく楽しみなんだよね。充実させたいなあ」

「うん。じゃあ夏休み、どうする?」

「え、どうするって何が?」

「部活」

昴センパイがきょとんとした顔をした。あれ、何その顔。おれ、また何か変なこと言ったかな。

「やるの？　部活」

「うん、やるよ」

「やるのか」

「うん、やるよ」

当然じゃないか。休み中なんて時間を気にせずいくらでも活動できるんだから、やらないわけがないじゃない。

「昴センパイはやりたくないの？」

「そ、そんなことないけどさ」

「おれは昴センパイと一緒にやりたいな」

あ、顔が赤くなった。くちびるを結んで、きっと次は目を逸らす。ほら当たった。

昴センパイはすぐ顔に出るからわかりやすい。あと癖も多くて、見ているといろんなのに気づく。照れるとすぐに前髪を触ることとか、気分が上がると語尾が伸びることとか。座っているとき、よく、左の膝を触ることとか。

「でも、さ、連絡取れないじゃん。休みに入ると今みたいに手紙もらったりもできなくなるし」

　昴センパイが自分の前髪をぴよんと伸ばしながら言う。

「連絡取れないと、ちょっと困らないかな。急に来られなくなったとか、時間合わせるの、大変だし」

「そうかなあ。ううん」

「高良先生に頼む？」

「んん……面倒臭いけど……」

　そっか、そうだな。おれは夏休みだからって何かが変わるわけでもないと思っていたし、むしろずっと自由で楽にできるって考えていたけれど、実際いつもと変わんないくらい人と会おうとするのって、結構大変なことなんだ。

　中学生の頃の夏休みは、連絡が取りにくいことを理由にして人と会うのを避けていたけれど——それが自分に嘘を吐いていた自分の唯一の逃げ道だったけれど、まさかこんなふうに逆のことで悩むようになるなんて。

「そうするしかないかな。順平くんを間に挟むのって、なんか嫌だけど」

「ねえ真夏くん」

　昴センパイは、曲げた膝の上に頭を置いて、ちょっとだけ不安そうな顔でおれを呼んだ。

「何」

「あのさ、真夏くんて、わたしといて楽しい?」

思わずじっと瞳を覗いてしまった。センパイが近くで目を合わせるのが苦手なのは知っているけれど、構っていられなかった。

「それって、どういうこと?」

「えっと……わたしって、ほら」

センパイの視線が体育座りした自分の爪先のあたりに向く。そこは昴センパイがよく見ているところだ。空と、反対の場所。

「あんまり喋るの得意じゃないし、真夏くんの好きな星にも詳しくないし、真夏くんに告白してる子たちみたいに可愛くもないしさ。そこら辺に埋もれてるその他大勢みたいなので、なんもいいとこなくて、全然、特別じゃないし」

「そんなのおれもだよ」

「真夏くんは……違うよ。かっこいいし、人気者だし。なんかきらきらしてるし。わたしとは違うよ」

「……」

「それなのに一緒にいてくれるの、わたしは嬉しいし楽しいけど、真夏くんは、楽しいのかなあって思って」

膝に埋めてしまったせいで、昴センパイの顔が見えなくなった。じっとうずくまって何も見ないようにして、センパイはどんどん自分のことを傷つける。

昴センパイはおれのことを違うって言うけれど、違ってなんかいないんだ、おれもいつだって同じことを思ってる。

何もいいところなんてないよ。人に好きになってもらえるような人間じゃない。こんなおれでいいのかな、楽しんでもらえるのかなって、いつも思ってる。おれもセンパイと同じだ。

いや、でも本当は違うかな。昴センパイが言っているのとはまったく反対の意味で、違う。

昴センパイにとってのおれがどんなものなのかはわかんないけれど、おれにとっての昴センパイはその他大勢の一部じゃない。おれには最初から他の誰とも違って見えた。昴センパイだけを見つけた。

たぶん、特別よりずっと、特別だったから。

「どうかな、楽しいかはわかんないけど」

昴センパイが少し顔を上げる。おれのほうを向いてくれた目はちょっとだけ赤い。

それを見つめ返してみる。ああおれ今、昴センパイの目に映ってるんだって、おれは、とても嬉しくなる。

「でもね、おれさ」

ねえ、昴センパイ。センパイは知らないだろうし、別に、知らなくてもいいけど。

「おれ、昴センパイと一緒がいいよ」

おれが今ね、どんな思いで昴センパイといるか、センパイは、知らないんだ。

第四章　宵闇バンプ

今日は一学期の終業式。朝から全校生徒が体育館に集まって、一時間後にはすっかり忘れているだろう校長先生の話を黙々と聞いた。

体育館は夏の暑さとたくさんの人の熱気が合わさって、気持ち悪い空気が溜まっている。じわっと滲むのはべたついた汗だ。垂れるそれは無視したまま、わたしは天井に挟まったバレーボールを眺めていた。

もう夏だなって、今さらなことを思う。

「引き続き、表彰式及び壮行会を行います」

教頭先生がマイク越しに伝えると、列に並ばずに端に座っていた数人の生徒が立ち上がり、舞台に上がった。いくつかの大会やコンクールで優秀な結果を残した人たちの表彰式だ。これも興味のない人が大半だけれど、校長先生の話よりはずっと楽に見ていられる。

順に名前を呼ばれて渡される賞状や粗品。わたしはまわりに合わせてぺちぺちと彼らに拍手を送る役目。

隣のクラスの女の子が、作文のコンクールで全国一の賞をもらっていた。あの黙々と作業をしていた美術部のグループが立派な展覧会で入賞していた。創部間もない水泳部が地方大会で上位に食い込んでいた。強豪と言われる有名な剣道部が、今年も順調に各大会で好成績を残していた。そして陸上部からもひとり、舞台の中央に立つ。

「おめでとう」

校長先生から賞状とトロフィーを受け取ったさゆきは、振り返ってこちらを向くと深く頭を下げた。同時に鳴る拍手。その間にさゆきがわたしのほうを見た気がしたけれど、こんな人数の中だから、たぶん気のせいだと思う。

さゆきにも拍手を送った。他の人よりも少しだけ長めにした。さゆきの表彰は最後だったから、叩きすぎで手のひらが少ししびれていた。

表彰式がひと通り終わるとその流れで壮行会も行われた。全国大会へ進むいくつかの部活動を激励するための会だ。インターハイへの出場を決めたさゆきも、その会の主役のひとりだった。

校長先生のふたたびの長い話のあと、選手である生徒たちの紹介があった。ひとりずつ前へ出て、マイクを持って挨拶をする。

さゆきの順番は最後だった。隣の剣道部の人にマイクを渡されて、照れ臭そうに高い舞台の上から笑顔でみんなに手を振るさゆきの姿を眺めながら、ふと、去年あの場所に立った自分のことを思い出した。

わたしも同じように大きな拍手を送られた。成績を褒められ、次の大会へ向けての応援を盛大にしてもらった。けれど、称賛の声は嬉しくても、いまいちピンと来ていなかったっていうのが正直なところだ。誰かのために。そういうつもりで走っていたわけじゃない。他の誰かからよりも、自分に一番褒められたかった。なんのためにって、いつだって自分自身のために走っていたのだから。

わたしは、走ることが好きだった。他に面白いことなんて山ほどあると知っていたけれど、走ることさえできるなら他に何もいらなかった。

わたしにとって陸上は特別なものであり、それでいて当たり前にそばにあるものでもあった。例えるなら呼吸みたいなものかもしれない。息をするように走ったし、走るのをやめるときは死ぬときなんだろうと真面目に思いもしていた。だから、走れなくなる未来なんて考えもしなかった。わたしはいつだって目の前の直線を走り続けていたし、抱いていた夢も、必ず叶うと信じていた。

夢を追いかけることは楽しくて仕方なかった。苦痛に思ったこともやめようと思ったことも一度もなくて、思えばそれこそがわたしの持っていた才能なのかもしれなかった。足の速さを持って生まれた才だという人は多かったけれど、たぶん努力を努力と思わずに、心底楽しんで走れることこそがわたしが人より恵まれていたことだったのだと思う。

好きだからこそ胸を張れた。そんな自分を、また好きになった。

そしていつか夢は光になって、走り続けるわたしの向かう場所で輝いた。だからわたしはいつだってその光を目指して一歩を踏み出す。

それは一本道のわたしの世界をいつだって明るく照らしていたたったひとつの特別な光。

　今も忘れられない、二度と会えない、奇跡みたいな光だった。


　終業式もホームルームも終わり、帰宅する人や部活をはじめる人で校舎が賑わう中、人のほとんどいない階段の一番上までのぼっていく。

　屋上へ続くドアの前では、いつものようにすでに真夏くんが待っていた。ただし今日はいつもと違う。何が違うって真夏くんの様子だ。困ったように頭を抱えているし、何より第一声が「昴センパイ助けて」だったのだ。

「え、何、どうかしたの？」

「ちょっと困ってるんだけど、どうしようもなくって」

「何があったの！」

　真夏くんがわたしに助けを求めるなんて……こんなふうに困っているのも珍しいし、よほどのことがあったのだろうか。もしかしてストーカー被害にでも遭っているとか？　それとも彼女を取られた男に追いかけられているとか。どちらにしろやばい、守らなければ。

「と、とりあえず逃げる？」

「いや、逃げたくはないんだよね。だってちゃんと使えるようになりたいし」

「え？」

「これなんだけど」

「は？」

慌てるわたしをよそに、真夏くんはすました顔でひょいと右手を向けた。その手に持つのは見慣れた四角い機械で、真っ黒な画面に、覗き込むわたしの顔がぼんやり映っている。

「スマホ」

「うん」

「誰の？」

「おれの」

「……なんで持ってるの？」

「兄貴に頼んでついていってもらって、買ったんだ。これがあれば夏休みも昴センパイと連絡取れるでしょ」

「はあ……そうだね」

細長い息を吐き出しながら、真夏くんの横に座る。

真夏くんが持つスマートフォンはわたしのと同じ機種だった。最新モデルではないけれど、そんなに古くもないやつだ。

「でもさ、買ったのはいいんだけど、全然使い方がわかんないの。だからすごく困ってるところ。説明書とかないのかな」

「紙のはついてないんだよ。代わりにオンラインで見られるから」

「その説明書を見るための説明書が欲しい」

「その段階かあ」

「おれはさ、もっと簡単な操作のやつでよかったんだけど、兄貴がそれはご年配の方用のって、今どきの高校生がそんなの持っててどうするって言って。でも使えなかったら意味ないよね。携帯電話なのに電話の仕方もわかんないよ」

真夏くんはじっと画面を睨みつけたまま、本当に困ったように、うちのおじいちゃんにはじめて携帯を持たせたときと同じ顔をしている。

「電話はこれだよ。電話帳とかに番号入れておけばすぐにかけられるし……あれ、いくつかもう入ってるね」

「家族の分は兄貴が入れてくれてたはず。あと、たぶん順平くんも勝手に入れてた」

「高良先生のはこれだね」

「ちょっとかけてみよう」

駄目だろうと思ったけれど、真夏くんがいいって言うから通話ボタンを押してみた。

少しもしない間に高良先生と電話が繋がる。けれど、真夏くんは繋がったことだけで満足したみたいで、高良先生の声が聞こえたのを確認すると「じゃあもう切っていいよ」とひと言も会話をせずに通話を終えた。

「先生、何事かと思っただろうね……」

「順平くんだからいいよ。ねえ、昴センパイの番号もおれの携帯に入れといて」

「わたしの？」

「うん。そのために買ったんだから。昴センパイのにもおれの入れておいてね」

早く、と真夏くんが急《せ》かすから、わたしは真夏くんの電話帳に自分の番号を入れて、それから自分の携帯にも真夏くんの番号を入れた。

家族とか、友達とか、行きつけの整体院とか。そんなのが入ったわたしの電話帳に『宮野真夏』の文字が加わる。

真夏くんの名前と、真夏くんに繋がる携帯番号。

「……昴センパイ、今何考えてる？」

「……真夏くんの番号って、高く売れるだろうなって考えてる」

みんな欲しがるだろうし。女子たちはいくら出すだろう。

「そんなことしたら怒るよ」

「しないよ。天文部のことは内緒だもん」

「おれは、他の人となんて連絡取りたくないから」

「うん、わかってるよ」

「昴センパイだけでいいんだ」

携帯の画面に浮かんだ名前を見つめながら、真夏くんがぽつりと呟く。

……真夏くんはすぐにそういうことを平気で言ってしまうから嫌だ。真夏くんは何の気なしに言っているのだろうけれど、それを聞くたびにわたしがどんなふうになっているか、きみは知らないんだ。

「ねえ昴センパイ、これで夏休みも部活できるよね」

「……うん」

「場所って、たまに学校以外になっても大丈夫？」

「大丈夫だけど、あんまり遠くなければ」

「遠くは無理？」

「遠くっていうか、車とかバスが苦手で乗れないから。電車ならいいんだけど」

「電車はおれが嫌いだからなあ。そっか。じゃあ歩いて行ける場所にしようか」

真夏くんはしばらく考え込むようにじっと階段下を見つめたあと、「ねえ、そうだ」と顔を上げた。

「八月はペルセウス座流星群が見られるから一緒に見よう。すごく綺麗だよ」

「わかった。忘れないように携帯のカレンダーに予定入れておくね」

「へえ、そんなこともできるんだ。おれのもやって」

手渡された真夏くんの傷ひとつない携帯と、同じ機種の自分の携帯にそれぞれ予定を書き込む。八月十二日。ペルセウス座流星群観測会。

「誰かと一緒に見るのは久しぶりだから、昴センパイと見られるの、楽しみだな」

「わたしも、流星群なんて見たことないから。どんなのだろう」

「夢みたいに綺麗だよ。きっと、顔を上げずにはいられなくなるはず」

「へえ……そっか」

元々はあまり下を向くことはなかった。空を見上げることをしなくなったのは、去年の夏の終わりからだ。

真夏くんと知り合って——天文部に入ってから、また少しずつ顔を上げるようになってきたのは自分でも気づいている。

顔を上げずにはいられない。きみと一緒にいると、自然と空を見上げてしまう。

それはまるで今はなくした、あの日の景色にも、少し似ている。

◇

夏休み初日。張りきって目覚ましをかけずに寝たせいで起きたのはお昼の十二時を過ぎた頃だった。

わたしを起こしたのは真夏くんからのメールだ。

『ぶしつにさん時』

画面を消して、携帯をテーブルの上に置く。ぐっと両腕を上げて伸びをした。窓の外は夏らしい青い空だ。ひとつ深く呼吸をしてから、身支度のために部屋を出た。

学校の近くにあるご夫婦で営む小さなパン屋さんでおやつのパンをいくつか買った。名物のメロンパンとか、パリパリふわふわのクロワッサンとか。それでも約束の時間よりは少し早く着いてしまい、のんびり待つしかないかと思いながら、校門から昇降口までの道をゆっくりと歩いた。

その途中でふと足を止めたのは、甲高いピストルの音に誘われて目を向けた先の、懐かしくもある光景のせいだ。

夏に入ってからより一層部活動が盛んになり、夏休み初日の今日も昼が過ぎて空が最高に高くなったこの時間、たくさんの運動部がグラウンドを埋め尽くして練習していた。

わたしが見ていたのは、グラウンドの隅に引かれた真っ直ぐな線だ。陸上部の短距離選手のための100メートルのコース。

今走っているのはさゆきだった。ゴールラインで高良先生がストップウォッチを構えている。

これは、なかなかいいタイムだろうなと、さゆきがゴールに飛び込むのを見て思った。わたしが知っている中学の頃よりもずっと速くなっている。荒削りだったフォームも綺麗になっているから意識して矯正したのだろう、それだけでタイムはかなり縮まっていると思う。

でも、小柄な体がとても大きく見えるような豪快な走りは何ひとつ変わっていない。風を背負って空気を裂くようなその力強さを武器に、さゆきはいつもわたしの後ろを追いかけた。

「……昴センパイっ！」

その声で我に返ると、こっちに向かって手を振るさゆきが目の前にいた。しまった、ここで話をする気なんてなかったのに。

「昴センパイ、もしかして練習見に来てくれたんですか？」

さゆきは、わたしのところまで来ると嬉しそうにはしゃぎながらそう言った。細い肩の向こうには呆れた顔でこっちを見ている高良先生がいる。それからその向こうには、陸上部の、他の部員の姿も。

急に心臓が走り出して慌てて目を逸らした。さゆきはそのわたしの様子には気づかなかったようだ。

「センパイ、あたしの走り見ててください。この頃またタイムが伸びてて、この調子ならインハイでの上位入賞は確実だって」

「あの、ごめんねさゆき、わたしこれから部活があって」

「部活？　昴センパイ部活はじめたんですか？　陸上部じゃなくて？」

「えっと……」

「他の部活に入るくらいなら陸上部に戻ればいいじゃないですか。昴センパイ、体育の授業なんかはもう普通に出てるって聞きましたし、運動はできるんですよね」

「いや、体育は自分の調子に合わせて加減できるから……それに、入ったのは運動部じゃないんだ」

「じゃあ何部なんですか？　それって、陸上部よりもセンパイに合ってるんですか？」

さゆきの手がわたしの腕を掴む。どうしよう、困ったな。やっぱりすぐに通り過ぎればよかった。なんで立ち止まったりなんてしたんだろう。

「昴センパイ……陸上部に戻ってくださいよ」

じわっと汗が滲んでくる。背中と、こめかみ。なのに指先はどんどん冷えていく感覚がする。心臓はさっきから音を大きくしていて、耳元で、壊れてしまう直前みたいに鳴っている。

「足はもう、治ってるんですよね」

「……治っていても、前みたいには走れないよ」

「それでも、昴センパイが特別なことに変わりないです。あたし、あのときの走りを教えてほしいんです」

「もう、さゆきは十分速いって」

「駄目ですよ。あたしはまだセンパイには追いつけません。それに、あたしだけじゃない、部のセンパイたちだって同じこと思ってます。……たぶん、言えないだけで。だから戻ってきてください」

さゆきの必死な目。それから、遠くの部員が向けているだろう目。

……あのときのことを思い出してしまいそうだ。あのときの、たくさんの人の、あまりにも感情が漏れすぎた視線。それまではどれだけの人に見られたって何も気にならなかったのに、あんなにも他の目に敏感になるなんて思いもしなかった。

やめて。見ないで。わたしのことはもう忘れていいから。

誰もわたしのことなんて思い出さないで。わたしなんて、いついなくなっても構わないような人間なんだから。

わたしはもう何も特別なんかじゃない。誰にも見られないでいい。誰もわたしのことを話さなくていい。

だから早く、ここから消えさせて。

「ねえ、昴センパイ！」

――そのとき、スカートのポケットが細かく震えた。携帯にメッセージが届いた知らせだった。

画面を見る。真夏くんからだ。

『集合場所へんこう。うらもんにきてください』

助かったと思った。携帯をポケットにしまい直し、やんわりとさゆきの手を解く。

「ごめんさゆき。呼ばれてるから、もう行かなきゃ」

「昴センパイ」

「さゆきのことは応援してるから。頑張って。きっとできるよ」

向けた背中にさゆきの声が届いた。けれど振り返りはしなかった。走らずに、歩いて、できるだけ速く前へ足を踏み出しながら校舎の向こうの裏門へ向かう。

裏門にはもう真夏くんがいて、すでに門を挟んだ向こう側に立っていた。

学校の裏は小高い山になっていて、裏門はその麓に沿って通る狭い道路に面して造られている。校舎の裏側であるこのあたりを通る人はほとんどいないからいつだって静かで、今も、わたしたち以外に人の気配はない。

「こんにちは昴センパイ。こっちに来られる？」

「うん。ちょっと待って」

裏門は使う人がいないから開けられることはほとんどない。一応南京錠がついているけれど、錆びた滑車を見ると、たとえ錠がなくても開くのかどうか疑わしい。

鞄とパンの紙袋を真夏くんに渡して、門の鍵のところに足をかける。さすがに丈夫で、崩れてしまう心配はなさそうだ。

「気をつけてね」

「大丈夫だよ、よっと。うわ、スカートに錆がついちゃった」

飛び越えるのは簡単だ。もともと小さな門だし、身軽さには自信がある。

「すごいね昴センパイ。軽々飛び越えられた」

「そりゃこれくらいなら余裕だよ。わたしそんなにお尻重く見えるかな」

「見えないけど、おれは思いきり転んじゃったから」

言われて見ると、たしかにズボンの膝が両方とも白く汚れていたから、思わず噴き出してしまった。そういえば真夏くんって運動あまり得意そうじゃなかったな。

「大丈夫？」

「大丈夫。痛くて泣きそうだったけど、ひとりで泣くのって寂しいから堪えた。センパイがいたら泣いてたかもしれない」

「そっか、えらいね」

「じゃあ昴センパイ、行こっか」

学校の裏山は、裏門のすぐそばから上へ向かう坂道があって、さほど高くない頂上まで一本道で繋がっている。坂道は両脇の木には隠れていなくて、焼けた真夏の太陽が直接照りつけた。真っ青で雲ひとつもない空に光る太陽が、どうしようもなく眩しくて、わたしは目を細めてしまった。

裏山は頂上の一部だけが整備されている。といっても木が刈られているだけでベンチもない、当然遊びに来る人もいない寂れた場所だ。ただ、他の場所よりも少し心地いい風が吹いているような気がした。

「ごめん、部室に寄ってこられたらシート持ってきたのに」

「いいよ。どうってことない」

地べたに並んで腰を下ろす。ここは学校の屋上が楽に見下ろせるくらいの高さで、つまるところ町の景色が見渡せる、案外気持ちのいいところだ。

「パン買ってきてよかったよ。こういうところでごはん食べるの気持ちいいよね」

「うん、ありがとう」

紙袋の中からそれぞれ好きなパンを取り出した。真夏くんの好みがわからなかったからいろいろ買ってきた中で、真夏くんはメロンパンを選んだ。意外と想像どおりだ。

「ここね、こんなにいいところなのに何もないからって、開発の話が出てるんだって。もったいないよね、何もないからいいのに。おれここ大好きなんだ」

「そうだね。わたし学校の裏山ってはじめて来たかも」

「おれは何度か来たことあるよ」

メロンパンを食べ終えた真夏くんは、草の匂いを嗅ぐみたいに静かに息を吸って、そのままこてんと芝生の上に寝ころんだ。

わたしも真似してみる。草の匂いがつんとして、空の青さが目に染みる。

「真夏くん、なんでここに来たの？」

「昴センパイがつらそうな顔してたから」

「……そんな顔してた？」

「さっき、グラウンドで」

ああ、もしかして、さゆきと話をしていたのを見られていたのだろうか。あのメールは偶然ではなく、わたしをあの場所から遠ざけるためにくれたものだったのかもしれない。

「おれもね、苦しいときにひとりでここに来てたんだ。ここ、誰も来ないからすごく楽なんだよね。本当は夜がおすすめなんだよ。星がいっぱいで全部見えるから、いろいろ考えすぎて泣きそうになってもね、ここに来ると大丈夫になる」

真夏くんがゆっくり空に手を伸ばした。まだ、あんなにも高い位置に太陽があるから、星なんてどこにも見えないのに、真夏くんの手のひらはいつだって見えているみたいに星に向かっている。

「真夏くんも、苦しいときとか嫌なときとかあるの？」

尋ねると、真夏くんはくすぐったげにふわりと笑った。

「ないよ。今はもうない」

「……」

「だからここに来るの、結構久しぶりなんだ」

――真っ暗闇じゃないよ。

前に、真夏くんが言っていたこと。なんのことを言ったのか、わたしにはよくわからなかった。

でも、たとえばそれが、小さな自分の世界の話だとすれば。本当に、真っ暗闇だと思った場所にも、まだ光は輝いているのだろうか。

こんなにも、苦しくても。

「ねえ昴センパイ」

呼ばれて振り向くと、真夏くんはいつの間にか体を起こしていて、右手で小さな雑草を摘んでいた。

「これ、なんて名前か知ってる？」

首を傾げる真夏くんに、わたしも起き上がって一緒に首を傾げた——質問の答えがわからなかったからではなく、急に何を言い出すんだと思ったせいだ。

何かの冗談のつもりだろうか。いや、それにしては顔つきが真剣だ。真夏くんって冗談とか言わないし。

「えっと……なんだったっけ、ヒメジョオンってやつかな」

「じゃあこれは？」

「んー、それはシロツメ草」

「こっちの綺麗なのは？」

「それ、なんだろうね。よく見る気がするけどわかんない」

「そっか……」

シュンとする真夏くん。その姿に、答えがわからなくて申し訳ないって気持ちよりも先に、なんだか笑いが込み上げてきた。

「やっぱり真夏くんって変だよね」

「それ、よく言われるのは知ってるけど、どこが変なのかはわかんないよ」

「あはは、どこがって、いろいろ変だよ。でも、すごいね」

わたしなんか、笑いを堪えすぎて、堪えられなくて、涙まで出てきてしまいそうなほどだ。

折りたたんだ膝の中に顔を埋める。駄目だ、面白くて泣きそうだよ。

――足はもう、治ってるんですよね。

そうだよ、治っている。傷は癒えた。でもまだ痛むんだ。

あのときに感じていたのとは違う痛みが消えないでずっと残っている。広がらなくなった真っ暗で小さな世界の中で、いつまでも響く。

もう何もかも戻ってこないのに、何もかも忘れることもできないまま。

「……」

何か、髪の毛に触った気がして顔を上げた。真夏くんが、わたしに伸ばしていたらしい左手を引っ込めつつ「うん」とひとりで頷く。

「似合うね、昴センパイ。それってなんだっけ、シロツメ草……じゃないか。なんの花かわからない花だっけ」

右耳の上に手を伸ばすと、花が刺さっていた。さっき真夏くんが適当にちぎっていたものだ。少し甘い夏の香りが色濃くする。

「何これ」

「昴センパイに似合うかなって思って。しばらくそうしてて」

「……い、いいけど」

「ねえ昴センパイ」

真夏くんが呼ぶ。真夏くんはいつも何度もわたしのことを呼ぶ。

「苦しいときは助けを求めてもいいと思うんだ。誰かにでも、自分にでも。時々だっていいから隠さないで表に出してさ。ちゃんとわかるように、大きく手を振ればいいよ。そうしたら、必ず誰かが手を取ってくれるから」

「……」

「ひとりで泣くのが難しいなら、俯く顔を上げて空に向かって、誰かを、大声で呼べばいいんじゃないかな」

思わずくちびるを噛んだ。泣きそうになったから慌ててまた俯いたら、案の定、ちょっと涙が出た。

真夏くんは、やっぱり変だ。

何も知らないくせに。わたしのことなんてなんにも知らないくせに。なんでそんなこと言ってくれるんだろう。まるで全部わかっているみたいだ。本当は何も知らないし、わたし以外の誰だって、内側まではわかりはしないのに。この汚い心の中をまるで全部知っているみたいに、真っ暗闇の外から、声がする。

こっちだよって、呼んでいるみたいな声がする。

「こら、昴センパイ」

ペシ、と脇腹を小突かれて、また慌てて顔を上げた。

「顔伏せちゃ駄目じゃん。なんのために花つけたと思ってんの？」

知らないけれど。なんのためとか、こっちが聞きたい。

「昴センパイはさ、どうしてすぐ下を向くの」

「……どうしてって」

「お花、可愛いんだから、見えるように顔上げてよ」

真夏くんの目を見た。少し苦手で、いつもすぐ逸らしてしまうけれど、今、必死で何かを伝えてくれようとしている気がして、目を逸らすことはできない。

「ねえ昴センパイ、つまずいて転んだっていいんだから、もっと上を見ようよ。ねえ、ほら、センパイだってもう知ってるんでしょ」

まるで、わたしの考えていることがわかっているみたいだ。真夏くんの言葉って、いつも。

「世界はこんなにも、広くて明るいのに」

そう。わたしは知っている。世界はこんなに、広くて綺麗だ。

十分に知っている。だって、わたしの世界だっていつかは、きみのと同じに誰よりも輝いていたのだから。今はもう世界の全部を照らしてくれる大きな光は消えてしまったけれど、それでもあのときの熱を、眩しさを、空の広さを、忘れたことは一度もない。一度だってないからこそ、ふたたび上を向くことがとても難しかった。こんなにも広い世界の中ですら、もう、あんなにも心を震わせる何かには、二度と出会えないと知っていたから。でも。

「顔を上げなきゃ綺麗なものにも気づけないよ」

向かう道はわからない。それでも立ち上がることはできるだろうか。

たとえ見える景色はあのころと違うままでも、わたしは特別じゃない今のわたしとして、歩き出せるだろうか。

「……真夏くん、動かないでね」

「うん？」

真夏くんがきょとんとしている間に、そばに生えていた花を摘んで真夏くんの左耳の上に挿した。

「うん、やっぱり真夏くんはこういうの似合うな」

青色の小さな花は、真夏くんの白い肌と柔らかい髪によく合っている。儚げな印象が似ているからだろうか。真夏くんが儚げなのは外見だけで、中身は芯が通った強い人だってことは知っているけれど。

強く真っ直ぐ、いつだって、真夏くんは前を向いている。わたしは、どうだろう。

少しでも、近づけるだろうか。

「おれにつけたって、しょうがないでしょ」

「真夏くんがつけててくれたほうが、見たいから、顔を上げるよ」

「何それ」

真夏くんは、照れ臭そうな顔をしながらその花を取り、指先でくるくると回しながら青い花びらを眺めた。

「この花は、なんて名前？」

「ワスレナグサ……に似てるけど、時季的に違うかなあ」

「ワスレナグサ？」

「うん、これに似た青い花で、確か花言葉は名前のまま〝わたしを忘れないで〟」

何かの本で前に読んだことがある。植物にはそこまで詳しくないけれど、名前と合わせて覚えやすいその花言葉だけは記憶に残っていた。わたしを忘れないで。この一年、わたしは早く、みんながわたしを忘れてくれればいいと思っていたけれど。

「わたしを忘れないで、かあ」

真夏くんが呟く。たぶん違う花言葉を持っているのだろう花をしばらく眺めてから、ふっと息を吹きかけ指を離した。

「言われなくても、忘れられないよ」

独り言のように真夏くんは言った。

なんのことなのかわたしにはわからなかった。でもそれを尋ねる気にはならなくて、飛んでいった小さな花をただ見ていた。

◇

五日も続く晴天のおかげで空気はすっかり乾いている。雲がなくていいと、最近の真夏くんは喜びっぱなしだ。夜空の星を何より綺麗に見るためには、やっぱり空が透き通っていることが一番大事だと言っていた。

駅のそばのお洒落なカフェは、奈緒が見つけてきた。駅を中心にしたこの商店街の通りは夏休みだからか学生が多く、普段なら入りづらい場所でも今なら気軽に立ち寄ることができる。テラス席で、外のざわめきを聞きながら飲むミルクティーは、程よく甘くておいしかった。

しかし、向かいに座る奈緒の心境は、穏やかなわたしの気分とは正反対のようだ。

「もう、来年は絶対勝ってやるからあ！」

奈緒は叫び、ヤケ酒のごとくジンジャーエールを飲み干す。店内の席に座らなかったのは正解だった。

「お疲れ様、奈緒。次もまた目指せるよ」

「当たり前だよ！　だって今年あそこまで行けたんだもん、来年は絶対優勝できるから」

「うん。きっと大丈夫」

ソフトテニス部、夏のはじめの大きな試合。奈緒は、決勝戦で惜しくも負け、準優勝という結果に終わった。相手は強豪校のエースペア。でも今の奈緒の実力なら格上とは言えなかった。

「悔しいよ、勝てない相手じゃなかったのに」

「そうだね」

「……でも負けたのは事実だし、それは自分の力不足って認めてる。だから、もういっぱい泣いたから落ち込むのはこれでおしまいね。次に向けての練習しないと」

「うん。まだこれで終わりじゃないんだしね」

「そうだよね、ありがと昴。あたし頑張るよ」

奈緒が笑う。奈緒のこういう前向きなところがとても好きだ。

去年、わたしが走れなくなってひどく落ち込んだときだって、奈緒のこういうところに救われた。真っ直ぐに立ち直るのは難しかったけれど、奈緒がいなかったら、もっとひどかっただろうと思っている。

「まあでもさ、根を詰めるのもなんだし、部活が休みのときはぱあっと遊ぼうと思ってるから、付き合ってよね」

せっかくの夏休みなんだしと、奈緒が言う。

「昴、どうせ暇してるんでしょ？　花火とか行こうよ」

「あ、えっと……」

「何？　何か予定でもあるの？」

じっと見つめる奈緒の視線から、思わず目を逸らしてしまった。あ、まずい、今のはものすごく怪しかった。

というか、奈緒の奴、はじめから気づいて言っているんじゃないだろうな。

「あのね、ごめん、ちょっと……」

「もしかして男か」

「違うよ！　そうじゃなくってさ。えっと、実は部活、はじめたんだよね」

秘密にしていたことをとうとう喋ってしまった。いや、部活をはじめたこと自体は秘密にしたかったわけじゃなくて、なんとなく言い出せなかっただけだから、ここで言えたことはよかったのかもしれないけれど。

「部活って、それ本当？」

さすがの奈緒もこれには驚いた。わたしがまた部活をはじめるだなんて思いもしていなかったのだろう。わたし自身も、そうなのだから。

「陸上部に戻ったの？」

「ううん、違う。さすがに陸上部にはもう戻らない。前と同じに走れるようになったら別だけど、それはできないから」

「じゃあ何？」

「……笑わない？」

「場合によっちゃ笑うけど」

「……天文部」

「は？　何それ」

やっぱり奈緒も知らないか。高良先生と同級生である真夏くんのお兄さんが作ったということは、それなりに長く続いている部活ではあるはずなんだけど。

「天文部っていうのがあってさ、天体観測したり、星のこと学んだり。わたしはまだ、いろいろ勉強中」

「へえ……そんな部活あったんだ。でも昴ってそういうの興味なかったよね。前にあたしがプラネタリウム誘ったとき、全然乗ってくれなかったじゃん」

「興味は確かになかったんだけど、高良先生の誘いでね」

いや、誘いというより無理やり入れられたようなものだ。わたしも奈緒と同じく天文部の存在なんて知らなかったし、高良先生が入部届けを偽造しなければ、いくらあの宮野真夏がいたとしても、天文部に入ることはなかった。

「へえ、なるほどね。だから昴、最近変だったんだね」

「変？」

「そうだよ。だってあんた最近、空ばっかり見てるから」

奈緒が右の人差し指を上に向ける。

確かに、さっきも空を見ていた。真夏くんといると空を見上げてばかりいるから、癖になってしまったらしい。わたしは真夏くんみたいに空が好きで、わくわくするような気持ちで見ているわけじゃないけれど。最近のわたしは、たぶん空を見たいわけじゃなくて、空を見て、真夏くんを思い出している。

「まあ、あたしはいいと思うよ。なんか思い出すもん、走ってた頃の昴」

奈緒が頬杖を突いてわたしを見る。

「いつもそのことしか見てなくてさ、まわりなんて見ないで目をきらきらさせて自分の好きなほうだけ見てんの」

「ろくでもない奴みたいだね、それ」

「ま、実際ろくでもなかったよね。だからあんた、あたし以外にあんまり友達いないんだよ」

「う……」

「でもあたしは昴が好きだよ。前の昴も、今の昴も」

「……何それ」

「褒め言葉だよ、もちろんね」

笑う奈緒に、どう返せばいいのかわからなくて困っていたら、奈緒はなおさらからからと笑った。

無意識に左膝を触っていたことに気づく。もうそこに、痛みはないけれど。

思うんだ。本当にわたし、何か変わったかなって。たぶん何も変わっていない。だって走れなくなったあの日から、わたしの世界は青空を見せないままなんだ。今もそう。大きな光は消えたままで、だから世界を明るく照らすものはひとつもない。

でも、もしもって考える。もしも、あの日見ていたのと同じような景色が見られるのなら。

もしもまた、世界が、輝くことがあるのなら。

奇跡が起きるなら、わたしはもう一度、一歩を踏み出したいと思っている。

◇

今日の集合場所は学校の屋上だった。

夏休み前はここか部室でしか活動していなかったけれど、休みに入ってからは真夏くんの気分によっていろんな場所に行かされている。裏山ならまだましで、駅の向こうのもみじ山の展望台とか、隣町の河川敷とか、そんなところも平気で急に指定してくるからちょっと困る。それでも、断ることはしないのだから、わたしも大概だとは思う。

夏休みだけど学校は賑やかだ。部活や補習で、いつだってどこかに人がいる。昇降口へ行くにはグラウンドの脇を通っていかなければいけない。練習中の野球部が飛ばした白球を見上げながら、ゆっくりそこを歩いていた。

今日もいい天気だ。雲なんてひとつもないし、空が濃い色をしている。これが夜まで続くといい。これだけ晴れていれば、きっと星がよく見える。

「篠崎」

ふいに呼ばれて振り返った。部活中らしい、ジャージ姿の高良先生がひらひらと手を振っていた。

「先生、こんにちは」

「はい、こんにちは。今から部活か？」

「そうです、今日は今から屋上に集合で」

「そっか、仲良くやってるみたいで安心だよ。真夏も最近楽しそうだしな」

それは、ちょっと、返答に困るけれど。

わたしがもごもごするのを見てか、高良先生が笑う。

「ま、あいつのことよろしくな。おまえが飽きるまでは一緒にいてやって」

「わたしじゃなくて、真夏くんが飽きるまでじゃないんですか？」

「いやあ、真夏が飽きることはないだろ」

……それって、飽きる飽きない以前にわたしになんて一切興味がない、って意味じゃないだろうな。

そういえば、今さら疑問に思うことがある。高良先生と真夏くんは仲良しなのだから、真夏くんが部活に余計な人を入れたくないのを知っていただろうに、どうしてわたしを天文部に入部させたのだろう。

わたしに部活をさせたいだけなら、他のなんでもよかったはずなのに。

——パァンッ。

ピストルの音に、同時に振り返る。グラウンドの100メートルの直線を、さゆきが走り出したところだった。

速い。さゆきのことを見るたびに、速くなっていっている気がする。

「高良先生、さゆき、調子はどうですか？」

「かなりいいよ。もうインハイ間近だからな、おまえに似て肝が据わってるっていうか、大会が楽しみで仕方ないって感じで、まだどんどんタイム伸ばしてるよ。これからもっと速くなるんじゃないかな、あいつ」

「そうですか、うん」

さゆきがゴールした。タイムを聞いたときの表情を見れば、結果は聞かなくてもわかる。

さゆきは、他の部員と手を叩きあって喜んでいた。その姿がちょうど一年前の自分と重なって見えた。

不思議だな。なんだか今は、大丈夫だ。

ついこの間はあれだけ苦しくなっていたのに、今は素直にさゆきの姿を見ていられる。

「……」

インターハイで上位を狙えるほどの記録を出していると言っていたけれど、たぶん、さゆきは本当にいいところまで行くだろう。今の調子が本番でも出せれば、上位入賞どころか……一年生でも優勝を狙える。

「ねえ、高良先生」

「ん？」

「わたし、さゆきのこと本当に応援してます。さゆきはもっと速くなると思うし、だからこそわたしが行けなかったところまで、さゆきには行ってほしい」

こっちに気づいたさゆきが、大きく手を振っていた。さゆきほどにじゃないけれど、わたしもよく見えるように振り返した。

からっと晴れた空の下で、さゆきの姿は、とても輝いて見える。

「おまえがそう思えるようになったんならいいことだよ。志藤の力にもなるだろうさ」

「……わたしには、何もできないですけど」

「あいつにとっての目標がおまえなんだ。だからおまえはさ、凛と立って、背中を見せてくれてればそれでいいんだよ。……前とは違っても、常に憧れであり続けてくれたらそれだけでいいんだ」

高良先生がいつもみたいに、目を細めて笑いながら言った。

「憧れか……」

そう言われたって、わたしはもうさゆきが憧れてくれたわたしではない。

エースプリンター。さゆきが憧れて一生懸命に背中を追っていたわたしは常にその名前を背負っていた。自分で言うのもなんだけれど、ふさわしかったとは思う。エースの名前、まわりからの期待、後輩からの羨望《せんぼう》、そんなものを背負った人間であること。

でも、今のわたしはどうだろう。もう一年前のようには到底走れない。さゆきとだって勝負にもならない。みんなの期待も信頼も裏切って、自分の夢すら諦めた。何ひとつ特別じゃない人間になってしまった。

こんなわたしに、誰かの前に立つ資格なんてない。ないと、思っていた。

けれど今ならできそうな気もしている。今の、こんなわたしでも、あの頃の姿を見せることはできなくても、さゆきが見続ける〝わたし〟を消してしまわないように、立ち上がって前を向くくらいなら、なんとか。

「……なあ篠崎、実はおまえに言ってなかったことがあるんだけど」

高良先生が、グラウンドの100のコースを眺めながら呟く。

「実は真夏な、おまえのこと、屋上でおまえに会う前から知ってたんだ」

「え？　真夏くん、そんなこと言ってなかったですよ」

「だろうな。あいつあれで照れ屋なところあるから」

驚いた。でも、どこで？

部活に入るまでは真夏くんとの関わりなんて一切なかったし、話すどころか近づくことすらできなかったくらいだ。有名な真夏くんのことをわたしが以前から知っていたのは当然のことかもしれないけれど、真夏くんが、こんな目立たないわたしのことを見つけるのは至難の技だろう。新入生が入る頃にはわたしのことを話題にする人なんてほとんどいなくなっていたから、わたしは完全に、その他大勢のひとりだった。

好きなこと以外興味を持たない真夏くんが、去年の報道で知ったとも思えない。

　なら真夏くんは、わたしをどこで。

「去年のインハイ。忘れもしないよ。おまえがぶっちぎりでトップを走ったあのレース」

「……え?」

　一瞬、息を止めた。

　去年のインハイ。陸上のインターハイ。

　わたしが出た、最後の大会。

　忘れもしないのは先生だけじゃない。あの日のレースはわたしの人生で何より輝いた瞬間だったのだから。わたしだって、思い出すこともないくらい忘れられない。

　……でも、それが、どうしたって?

「インハイ見に来いよっておれが誘ってたんだ。真夏は嫌々だったけどな。陸上どころかスポーツ自体にまったく興味なくてさ、あいつ」

「……興味ないのは知ってますけど、興味ないのに、なんで」

「あのときのあいつ、ちょっと疲れてたみたいだから、気晴らしになるかと思ってさ。まあ、そんなんで、おまえのレースをあいつは見てたんだ。あの場所で直接」

　高良先生は少しだけ、懐かしそうに目を細める。あのときの光景を思い出しているみたいに。

あのとき。そう、あのとき。

真夏の、濃い青色をした晴れた空の下で、わたしが誰より速く100を駆け抜けたあの日。

「あいつな、本当におまえしか見てなかったんだ。しばらく中身抜けたみたいにぼうっとしててさ、暑さにやられたのかと思ったら、突然、表彰台に立ったおまえのことを指差して、あの人誰って聞くんだ。うちのエースだって教えてやったけど、そんなもんろくに聞いちゃいなかったよ」

「……」

「じっと、おまえの姿だけを見て、目をきらきらさせてた」

思いもしない。真夏くんが、わたしが彼を知るよりも先にわたしのことを知っていただなんて。

屋上で会ったのが最初だと思っていた。それまではわたしが勝手に一方的に真夏くんのことを知っていただけで、向こうはわたしのことなんて、知っているはずがなかった。

でも、逆だった？　真夏くんのがわたしのことを知っていた？

一年も前から。まだわたしが、夢を追いかけて、眩しい景色の中を走り続けていたときから。

真夏くんはわたしを知っていたの。

「あの日から、真夏は変わったな。ずっと自分を隠すみたいに生きてたくせに、今のあいつは自分のことが大好きって顔してる。たぶんおまえのおかげだ。おまえは真夏の憧れで、特別なんだよ」


知らなかった、何も。

なんで言ってくれなかったんだろう。内緒にするようなことでもないのに。

あのときのレースを見ていたって。知っていたんだって。はじめの日に言ってくれれば。

でも、思えば、なんのことだろうって思いながら、妙に突き刺さるようなことを真夏くんには言われてきた。きっと彼にとってはなんでもない言葉なのに、なんでこんなにも沁みるんだろうって思うことが何度もあった。

何も知らないくせにって思っていたけれど、本当は全部、知っていたんだ。

あのときのこともその後のことも、今のわたしのことも。真夏くんは全部。

そうか。真夏くんはあのときのわたしを見ていて、知っていたんだ。大好きなものに向かってひたすら走っていた、輝いていたころのわたしを。自分のことが大好きだったわたしを。

今のわたしとは全然違う、あのときの、わたしのことを。


まだ誰もいない屋上で、柵に寄りかかって下を見ていた。

この場所からはグラウンドがよく見える。ピストルの音も聞こえる。さゆきが走っていて、その息遣いまでは、聞こえないけれど。

「昴センパイ」

後ろから声がした。振り返ると真夏くんがいた。

走ってきたのだろうか、少しだけ頬が赤い。でもいつもどおり汗は掻いていない。涼やかで、眩しいくらい。

「今日は昴センパイのが早かったね。おれも急いで来たんだけど」

真夏くんは隣に並ぶと、息を吐いてそう言った。ふわふわの髪は綿毛みたいに風の中に揺れていて、真夏くんのまわりだけ空気が他と違うみたいに思う。わたしのまわりのそれよりも、乾いていて涼しい、とても穏やかな空気。

「ねえ昴センパイ、今度のね」

空を見上げながらそう何かを言いかけた。だけど、それをやめて、真夏くんはわたしの顔をじっと覗き込んだ。

真夏くんも結構鋭いなと思う。でも今はわたしがわかりやすすぎるだけかもしれない。

息も上手くできない。

「センパイ、どうしたの？」

少し心配そうな声と表情に、でも、どうしても目は合わせられなかった。

駄目だな、ちゃんと笑えって。なんでもないよって言えばそれでいいのに。なんで言えないいんだろう。顔も見られないし。

なんで今わたし、こんなに泣きたいいんだろう。

「昴センパイ」

「真夏くん、あのね」

掴んだ柵は錆が多くて、手のひらにぎざぎざした感触が刺さる。目に映るのは自分の手と、錆だらけの柵と、屋上の縁と、グラウンド。

「真夏くんさ、わたしのこと、知ってたんだね」

一瞬風が強く吹いて、思わず目を細めた。真夏くんは隣から、わたしのことを見ている。

「前から知ってたんでしょ。ここで会うよりも前。わたしが、陸上をやってた頃から」

「順平くんから聞いたの？」

「うん。そうだよ、さっき」

少しずつゆっくり息を吐く。けれど心臓も頭の奥も落ち着かない。

「そうだね、知ってたよ、昴センパイのこと」

真夏くんがこくりと頷いた。

「言わなくてごめん。センパイが走ってるところをおれ、見たことがあるんだ。去年のインターハイの決勝の、昴センパイが一番でゴールした、あのレース」

真夏くんが静かに言う。わたしは目を伏せたままでそれを聞いていた。

「前に話したことあったよね。覚えてるかな、おれが自分を変えたときの話。それまでは輪から外れないようにって人に合わせてばかりだったけど、ある人を見つけてから、もっと自分のこと好きでいようって決めたんだ。それからはもう、心がざわざわすることもない」

覚えている。だってその人が真夏くんにそうまで思われていることも、そんなにも輝いていられることもすごく羨ましいって思ったんだ。どんな人なんだろうって気になった。きっとわたしとは全然違う人なんだって、思っていた。

「その人は、昴センパイ。昴センパイはだから、おれにとって憧れで、特別なんだ」

真夏くんと、ようやく目を合わせた。

真夏くんの目はいつもとてもきらきらしている。綺麗で、それはたぶんきみの世界が、いつだってとびきり鮮やかだからなのだと思う。

その目が苦手だった。今のわたしのとはまるで違うから。

でも、真夏くんといるときは、わたしにも同じものが見えるような気もしていたんだ。眩しく輝くものを——きみの目に映るものをわたしも。

でも、やっぱり奇跡は、一度しか起きない。

「それじゃあ幻滅したでしょう」

え、と聞き返す小さな声がした。

目はもう見ていられなかった。

「幻滅したでしょ、今のわたしを見て。だってあのときとは全然違うんだもん。走れもしないし眩しくもない。夢もすっかり諦めて、うじうじうずくまることしかできない」

自分が嫌いだ。あんなにも好きだったのに、自分も、こんな世界も、今はすごく嫌いだ。

だけどきみは、こんなわたしを見つけてくれて、そばにいてくれた。

わたしはそれが本当に嬉しかったんだ。

「ねえ、真夏くんはわたしをどんなふうに見てたの？　ここで会って、あのときと違うわたしを見てさ。憐れんだ？　怒った？　ガッカリした？　そう思って当然だよ。

すごく情けないし、かっこ悪いもん。今はもう、きみのほうがよっぽどすごいよ」

そんなわけない。思うわけない。真夏くんはそんな人じゃないってことくらい知っている。

何を言っているんだろうって自分でもわかっているんだ。だけど止まらなくてどんどん言葉が溢れ出してしまう。

「昴センパイ、おれは」

「いいよもう」

伸びてきた真夏くんの手を思わず跳ね除けていた。

ハッとしたときにはもう、遅かった。

真夏くんは悲しそうな顔をしていた。そんな顔を見て、ようやく気づいた。真夏くんはあまり笑わないって思っていたけれど、本当はいつだって楽しそうな表情ばかりだった。

悲しいのも、つらそうなのも見たことがない。こんなにも……今にも泣いてしまいそうな顔なんてなおさら。真夏くんはわたしの前で一度だってしなかった。

「……真夏くん」

だけどそれもぼやけてすぐに見えなくなった。

ごめんなんて、今さら言えない。きっともう隣にすらいられないのに。だってわたしは。

「わたしはもう、きみの憧れたわたしじゃない」

屋上を出た。真夏くんは追いかけては来なかった。

梅雨のときより日焼けした両腕でぽろぽろ落ちる涙を拭った。一階までの階段を、一度も止まらず駆け下りる。

もう、治っているはずの左足が痛んだ。でもそれ以上に、痛いところがある。

……なんであんなことを言ってしまったんだろうって、後悔したって遅いけれど、でも、どうしてか、すごく悲しかったんだ。

真夏くんが見つけてくれたのが、特別みたいに扱ってくれたのが、今のわたしじゃなかったこと。

真夏くんが特別に思っていたのは昔のわたしだ。広い世界の中、大きな光を追いかけて走っていた、そんなわたしのことを、真夏くんは追いかけてくれていたのに。

……今のわたしはなんだ。何もできやしないくせに、勘違いばかりしてしまっていた。

こんなわたしのことを、特別に思ってくれるはずがない。

わたしの見ている世界にはもう光はない。わたしの世界は輝いてなんかいない。

今のわたしはきみとも、あの夏の自分とも、全然違うわたしだ。

そのあと、一度だけ真夏くんからメールが来た。

『ごめんなさい』

それだけ書いてあって、わたしは返事をしなかったけれど、お揃いの携帯を握りしめて、どうしてかたくさん泣いてしまった。

第五章　真夜中プリズム

たったひとつだけだけど、とても大きな夢があった。

いつか世界を舞台にして、誰より速く１００を走ること。オリンピックで金メダルを獲ること。

この夢は、気づいたときにはわたしの中に確かにあって、いつだって行く道を明るく照らして爛々《らんらん》と眩しく輝いていた。それが夢じゃなく、明確な目標へと変わってからもずっと、ずっと。


小さな頃から走るのが好きだった。かけっこは一番以外取ったためしがなくて、他のことはてんで駄目なくせに、幼稚園でも小学校でも運動会という場所でだけはいつだって主役だった。

本格的に陸上をはじめたのは小学四年生のときだ。通っていた小学校では部活動がなかったから、代わりに担任の先生の勧めで地元の陸上クラブに入った。顔を知っている同学年の子としか一緒に走ったことのないそれまでは、まだ自分の実力がどれほどなのかをあまり自覚していなかったけれど、はじめて出場した大会で、思ったよりもずっとあっけなく一位でゴールラインを踏んだとき、自分の速さにようやく気づいた。わたしはこんなに速く走れるんだ。誰より前を走れるんだ、って。

それからいくつもの大会に出た。大会に出た数と同じだけのメダルが家に並んだころ、全国大会で新記録を出し優勝したことで、一気に注目を浴びるようになった。人に褒められた。たくさんの拍手ももらったし、期待もされたし、応援された。将来はきっとオリンピックに出るんだと言われた。言われなくても、それはすでにわたしの夢になっていた。

誰より速く走りたいと思った。もう何度も何度も一番にゴールラインを踏んできたけれど、まだ自分より速い人たちがいることも、そしてまだ自分が速く走れることもわかっている。もっと速く、もっと先へ。行けたらきっと、今までに出会ったことのない景色が見られるはずだから。

気づいたのだ。自分が誰より速いことを知るのと同時に、１００を先頭で駆け抜けたときの、あの奇跡みたいな景色にも。

他には何も考えずに、全身を使ってただ前へと走る間、自分が自分じゃないものになる。けれどその瞬間こその自分が、本当のわたしなんだとも思える。

心が高揚する。心臓が熱くなる。肺ははちきれそうになって、全身は風の中に溶ける。

ピストルが鳴ってからゴールラインに飛び込むまで、目の前に他の誰もいない直線を駆け抜ける瞬間、世界は大きく色を変えた。

踏み出した場所から波紋のように広がっていく世界。それは明るく眩しくて、声も出ないほどすべてが鮮やかに輝いていた。

でも、まだ足りない、ここで終わりじゃない。もっと速く走れば、もっと世界は煌《きら》めいて、うんと果てしなく広がるはずだ。

だからもっと速く。前へ。誰よりも。

必ず、走っていけると思った――。


頻繁に大会に出るようになってから、同世代の陸上選手には広く名前を知られるようになった。特に中学に入ってからは、知らない人に話しかけられることも多くなった。

ただ、この時期からはライバル選手よりも大人に声をかけられることが増えた。その多くが高校の陸上関係の人で、まだ進路を決めていなかったわたしを自分の学校へ誘うための内容がほとんどだった。

そしてその中のひとりに、高良先生がいた。

『きみが篠崎か。スプリントの天才』

初対面の言葉はこんなのだったと思う。天才、と言われるのはあんまりしっくりきていなかったけれど、高良先生はそれをあまりにも何げなく言うものだから『はい、そうです』とさらっと答えてしまって、大声で笑われたのを今でも覚えている。

他の学校の監督よりも格段に若いうえに平気でぐいぐい詰め寄ってくる性格に、はじめはかなり苦手意識を持っていた。けれど、お互いの学校が近所ということもあって時々教えに来てくれているうちに、その思いはあっという間になくなっていった。

スカウトの話はいくつもあった。その中から今の高校を選んだのは、地元を離れたくなかったのと、高良先生にもっと教えてもらいたいと思ったことが理由だ。

高良先生よりも的確に指導してくれるコーチは他にもいただろう。そもそもが高良先生は、陸上の経験はわたしよりも短いくらいだったのだから。

ただ、高良先生にこう言われたとき、わたしは先生の高校に行くことを決めた。

『篠崎の見てるもの、おれも見たいなあ』

練習後にアイスをかじりながら、なんの気なしに言っていた言葉だ。だからきっと高良先生は覚えていないだろうけれど、わたしはこのとき、先生ならいつだってわたしの行く道を一緒になって目指してくれるんだろうと思ったのだ。

そして、この学校に入学した。

元々全国大会出場の常連校ではあったけれど、ここ数年は地方ではともかく全国大会での成績は振るわず、おかげで実績のわりに部員数はあまり多くはなかった。そんな中でわたしは、入学前から期待のルーキーとして扱われていた。

ルーキーからエースと呼ばれ方が変わったのは入学直後だ。

１００が専門の短距離ランナー。エーススプリンター。それが、わたしが背負った名前だった。

高校一年の夏。近い空が、息を止めたくなるくらい濃い青色をした晴れた日。最高気温を連日更新し続けていた時期だった。その日も蒸し暑く、立っているだけで止まることなく汗が流れ出るほど。見上げると、太陽が眩しくて目を細めずにはいられなかった。

その日が、わたしにとってははじめてのインターハイだった。

高校生のスポーツの祭典。スポーツをやっているこの年代の人であれば誰もが目指す最高峰の大会だけあって、まわりを見れば、地区予選を勝ち抜いてきた強豪ばかりが集まっていた。他の大会で何度も見た顔も多い。全国で星の数ほどいるランナーのトップクラスが今ここに集っている。

大きな舞台独特の、妙にぴりぴりとして落ち着かない雰囲気があった。いつも以上に、みんなやけに浮足立っているような感覚がしていた。

それはわたしも例外じゃない。大きな大会はこれまでに何度も経験してきたはずなのに、今までにない緊張感と、言い知れない不安が胸の中にあった。

でも、それ以上に、不思議なほどわくわくして、早く走りたくて仕方なかった。

胸の奥がずっと鳴っていた。手を当てると鼓動が直接打ちつけて、まるでわたしを急かしているようだった。

走れって。思うままに。

いつまで経っても落ち着かなかった。不安のせいではなく、ただ、高揚とも少し違うような気がした。

とにかく早く走りたかった。誰もいない道を。あの場所まで。

なんだか、行けそうな気がするんだ。

『On your marks――』

スターティングブロックに足を置く。もう、目の前にあるのは真っ直ぐな一本の道だけだ。

ざわめきは聞こえない。耳に響くのは、自分の息遣いと鼓動だけ。

『――Set』

ピストルが鳴るのと同時に踏み出した。

気づいたのはすぐだ。行ける。

スパイクがゴムを蹴る感触。風がよけて後ろから押してくれる感覚。

体を巡る血の流れ。膨れ上がる筋肉の動き。肺に溜まった空気。肌に刺さる風。

すべてが鮮明に感じられた。まばたきよりもまだ短いほんのわずかな時間なのに、一瞬一瞬があまりにも鮮やかに伝わり、そのすべてが前に向かわせる力になる。目の前には誰もいない。何も聞こえない。自分だけがそこにいて、ただ真っ直ぐに走っている。

限界を、超えてみようと思った。超えられると思って疑わなかったのは、何より自分を信じたから。

そして、地面を強く蹴り——踏み出した足から、世界が広がった。

真っ青な青空の中をわたしは走っていた。右も左も上も下も、全部が鮮やかな青空に変わり、果てしないその中を、ひとり、どこまでも走っていた。

体が震えた。心が、最高に昂《たかぶ》って抑えきれなかった。

心臓が次々に血を送る。そして足は前へと進む。

踏み出すと、さらに世界はぐんと広がる。そして目の前に、大きな光が浮かぶ。

その光の正体を、わたしはもう知っていた。他の誰のものでもない、わたしがずっとずっと抱き続けてきた大切な夢だ。

世界の舞台へ。誰よりも速い場所へ。

その大きな夢が光になって、わたしの世界を鮮やかに照らしてくれている。だからわたしはあの光を目指してどこまでも走る。少しでも近づくために。いつか必ず、掴みとるために。

だから今はもう一歩、もう一歩、前へ——。

ゴールラインを踏んだ瞬間、歓声が大きく耳に届いた。

それがすべて、わたしに向けられた声だって知ったのは少しあとだ。インターハイの女子100メートル。

その年に優勝したのは、わたしだった。

たくさんの祝福とエールをもらった。

一年生でのインターハイ優勝という結果の反響はわたしが思ったよりもずっと大きく、校内でもいたるところで声をかけられた。

「おめでとう、うちのエーススプリンター」

いくつその言葉をもらっただろう。それを受け止めるには少し戸惑いもあったし、照れもしたけれど、応援してくれる声は素直に嬉しく思っていた。

あのインターハイ決勝での100の感覚は、どうしたって忘れられなかった。

今までで一番世界が広がった瞬間。でも、もっと広げられると確信していた。

まだ走れる。まだ速くなれる。

まわりの期待は一切重荷にはならない。それ以上の期待を、自分自身がしていたからだ。

夢に辿り着くために、もっともっと速く走りたかった。わたしなら必ずやれる。あの光を掴める。

どこまででも行ける。そう思っていた。

だけど、もうすぐ秋に変わりそうな夏の終わり。

事故で大怪我《おおけが》をした。

インターハイ直後の夕暮れ時、地方の大会の帰りに乗っていた路線バスが交通事故に巻き込まれ、わたしを含め一緒に乗っていた部活の仲間も数人怪我を負ってしまった。

はじめは何が起きたかわからなかった。気づいたらガラスが飛び散る床に倒れていて、下半身には知らない人が覆いかぶさっていた。仲間のひとりがすぐそばにいて、上の人をずらして助け出そうとしてくれたけれど、気を失っていて重かったせいか、抜け出せず、わたしの足は動かなかった。

車内から出されたのが、事故からどれくらいあとだったのかも覚えていない。救急車やパトカーが集まり、野次馬も大勢いた中、何よりもまず仲間の無事を確かめた。すぐそばにいた三人の部活仲間は怪我はしていたもののひどくはなく、その様子を見てわたしは心底安心した。

でもどうしてか、三人とも大した怪我はしていないのにいつまで大声で泣いていた。事故が怖かったからだろうか、そう思ったけれど、みんなはわたしのことを見て泣いていたのだった。

救急隊員が応急手当てをする自分の足を見てから、ふと焼けていく空を見上げた。夕方から夜に移ろうという空は、濃い赤と黒が混じり合い、まるで世界を真っ暗闇にしようとしているように見え、叫べもしないほどぞっとした。

真っ赤な血で溢れた左足に、ようやく痛みが走った。


その事故で、左足の膝から下に大きな怪我を負った。足以外は擦り傷程度で命にかかわる怪我はなく、足も、手術とリハビリをすれば生活に支障がないくらいには回復すると言われた怪我だった。だから大丈夫と、お医者さんに言われたけれど、何ひとつ大丈夫だとは思えなかった。

生活に支障はない？　それじゃ駄目なんだ。わたしは誰より速く走らなきゃいけない。元どおりにしてほしい。

でも、手術を終えた足はまったく思うように動かなかった。動かそうとすれば感じたことのない痛みが体の全部を突き抜けて、歩くだけでつらく、しばらくは走るなんてとても無理な状態だった。

それでも無理やり動かした。無理やり動かして意地でも走った。

100のゴールを切るどころか、病院の廊下を数歩走っただけで倒れたわたしを、みんなが泣きながら止めていた。

……なんでだろう。どうしてなんだろう。

どうしてわたし、走れないいんだろう。

なんで足だったの。他のところならいくら怪我したってよかったのに。足さえあれば走っていけるのに。

なんで、わたしの足、動かないいんだろう――。

泣いても、涙は枯れないいんだって知った。でもどれだけ泣いても何も変わらなくて、どれだけ叫んでも心臓の痛みは取れなかった。

治るよとお医者さんには言われた。普通に生活する分には何の支障もないくらいに。ただ以前のようには走れないとも言われた。そんなのはわたしにとっては治っているなんて言わなかった。

その瞬間に壊れた。いつの間にか立っていたのは真っ暗闇の中だった。動くこともできずに、わたしはそこでしゃがみ込んだ。

目を瞑って、呼吸も止めて、涙をこぼすのを見られないようにするのが精一杯だった。

光は消えてしまった。これ以上わたしの世界は広がらない。

たったそれだけが、俯くわたしの中に残った、どうしようもない事実だった。

バス事故自体、ニュースで何日も報道されるようなものだったらしい。さらに、その事故に巻き込まれた乗客に、インターハイで優勝したばかりの将来有望な陸上選手が乗っていたとあり、わたしのこともいたるところで報道された。さすがに実名や顔を堂々とテレビに流されることはなかったけれど――あとで、親や高良先生はじめ周囲の人が散々守ってくれていたと知った――わたしが怪我で選手生命を絶たれたことはあっという間に広がったようだった。

同時にまわりがわたしに向けていた目も百八十度色を変えた。

――あの子がインハイで優勝したっていう。

――なのに怪我して走れなくなったって。

――可哀想《かわいそう》に。

――オリンピックにも行けたのに。

――何やってんだ、もったいない。

どこにいたって声が聞こえて、耳を塞いでも静かにならない。視線はいつだって突き刺さって、目を瞑ったって肌に張りついた。

やめてよ、お願いだから。わたしが一番わかってるんだから。

もう走ることができない。もうどこにも行けなくなった。誰に言われるまでもなく、
そんなことは自分が一番知っていた。

だって、何も見えないんだ。いつだって見えていたはずのあんなにも強い光が、消えてなくなってしまった。

真っ暗だった。

何も見えなかった。

どこへ進めばいいかわからない。

走るどころか、立ち上がることすらもうできなくなっていた。


栄光を失った悲劇のエース。

怪我をして間もなく、それがわたしが背負った名前。

今のわたしが背負う名前は、もう、何ひとつない。

＊　＊　＊

ほとんど毎日出かけていたのに、もう一週間以上外に出ていなかった。

部屋すらろくに出ていなくて、最初は心配していたお母さんもそろそろ呆れはじめている。うん、わかってはいるんだ。自分でも馬鹿みたいだって。そんなの十分にわかっているけれど、どうしても今は何もする気にならない。

クーラーでキンキンに冷やした部屋の中で、ベッドに仰向けになりながらぼうっと見慣れた天井を仰いでいた。天井の木目、変な染み。伸ばせば簡単に手が届く場所にそんなものがあるだけの視界。

窓の外は相変わらず、天気に恵まれている。夏の、近い、濃い青色の空。

あの空の下は今日も暑いのだろうか。太陽がすぐそばにあって、ジリジリ熱くて眩しくて、焼けそうな、蒸し暑い空気。

寝返りを打って窓に背中を向けた。Tシャツから出た腕が冷房で冷えて寒くて、足元のタオルケットを肩まで引っ張り上げた。

床に放りっぱなしの携帯を見る。カーペットの上で静かに黙って、それはどこか寂しそうに転がっている。画面は真っ暗なまま。今日も携帯は、メッセージを受信しない。

あれから一度もメールは来ていない。当然のことなのに、待っていただなんて、自分が馬鹿らしい。

わたしのせいなんだ。真夏くんは何も悪くなんてないのに、かっこ悪い八つ当たりをしてしまった。さすがに呆れられただろう。もうこれでおしまいだ。

ふたりの、誰にも内緒の部活動。

「あ」

そのとき、ずっと黙ったままだった携帯が鳴った。慌てて手にして画面の名前を見る。メッセージの差出人は奈緒だった。

ベッドから上半身だけ落ちたままの状態で、携帯を握りしめて深いため息を吐く。

ああ、何やってんだろう、わたし。

「……あほみたい」

ベッドからのそのそ降りて床に座り直し、奈緒から届いたメッセージを開いた。奈緒からのメッセージはいつも可愛い絵文字つきで、今日も漏れなく可愛かった。いっぱいに上がる打ち上げ花火の絵文字。

『今日の花火大会一緒に行かない？』

そういえば河川敷の花火って今日だったっけ。全然活動していないから日付の感覚を忘れていた。

「……」

画面を見たまま少し悩んで、それから、返事を打った。

『いいよ』

そろそろ外に出たほうがいいのは自覚している。奈緒との花火なら気分転換にもなるし、楽しめるはずだ。

気持ちを切り替えていかなければいけない。大丈夫、何も変わりなんかしていない。何もかも、元に戻っただけなのだから。


夜七時。待ち合わせていた神社で奈緒と合流した。

可愛げのないTシャツにハーフパンツ姿のわたしと違い、奈緒は涼しげな朝顔柄の浴衣を着ていた。

「やっほー昴、なんか久しぶりだよね。生きてた?」

ひらひらと袖を振りながら、奈緒はカランコロンと下駄の音を響かせる。

生きてたか、なんて挨拶はおかしく思ったけれど、考えたらこの一週間は奈緒とも顔を合わせていなかった。学校があるときはもちろん、長期の休み中だって奈緒とだけは頻繁に遊んでいたから、こんなにも会わなかったのははじめてかもしれない。

「奈緒、この花火、テニス部の子と見に来るって言ってなかったっけ」

「そうなんだけど夏風邪引いちゃったらしくてさ。だから昴が来てくれてよかったよ。誘おうか迷ったんだけどね」

「え、なんで？　すぐ声かけてよ」

「だって夜だし。昴、部活で来られないかと思って」

しかし暑いねえと、奈緒がうちわで顔を扇いでいる。

空は、少しずつ薄暗くなって、夜の気配を漂わせはじめている。花火の開始は七時半。なんだかいつもとは違う真夏の雰囲気に、妙に心が落ち着かなくなる。

見上げた空に、一番星を見つけた。あの星はなんて星だろう。知りたくても、答えなんてわからない。

神社は縁日の屋台が出ていた。花火が始まるまでの時間、奈緒とぶらぶらそこを見て回った。花火鑑賞のベストスポットでもあるこの神社にはどんどん人が集まってくる。女の人は綺麗な浴衣を着ている人が多い。それを羨ましそうに見るふりをしながら、誰かを探していたのは、自分自身にも、気づかないふり。

「昴も浴衣着てくればよかったのに」

「急だったからね。それにわたしは動きやすいほうが好きだし」

「そうかなあ。まあそれって、昴らしいけど」

ヨーヨー掬《すく》いとか射的とか。上手にこなす人たちを後ろから眺めながら、少しずつ近づく始まりの気配を感じていく。

空を見上げる。さっきよりも濃くなっている。ひとつ、ふたつ、みっつ。星も増えている。

もう間もなく花火が始まるこの時間、次々見物客が増えて、境内は隙間もないくらいたくさんの人で埋め尽くされていた。

わたしも奈緒も動き回るのをやめて空いていたところに場所を取った。はぐれないように必死で奈緒の横に引っつきながら、きっと、真夏くんなら嫌な顔をしてあっという間に帰るだろうなって、そんなことを思う。

「昴さ、今日は部活なかったんだ？」

奈緒が今にも花火が上がりそうな空を見上げながら言う。

「あ……うん」

「そっか。じゃあちょうどよかったね。部活あったら昴、そっち優先しそうだから、ひとりで来なきゃいけなかったよ。まあひとりでも平気で来られるんだけど」

からから笑って、奈緒はまた首元のあたりをうちわで扇いだ。

空は雲ひとつない。時間が経つごとに色を濃く染めて、消える青と大きな光の代わりに小さな粒をそこに浮かべる。

「ねえ昴」

カラン、コロン。まわりの下駄の音が石畳に響いた。

だけどそのうち少しずつやんで、みんなが自分の立つ位置で、何かを待ちわびはじめる。

「あたしね、昴がまた、やりたいこと見つけられて嬉しいよ。陸上をやってる昴を見てたとき、あんたが好きなことに向かって一途に走っていってるのを誰よりかっこいいって思ってた。今はさ、あのときとは違うかもしれないけど、あのときと同じくらい夢中になれたらいいよね」

空は、夜の色をしている。

「奈緒、あのね、わたし」

――ドォンッ……。

最初の花火が上がった。みんなの視線が一斉に上を向いて、同時に歓声が湧き起こる。

鮮やかな色に空が照らされる。明るくなって、色づいて、代わりに星は見えなくなる。

眩しすぎて目を閉じた。開いたときにはもう花火はなかった。細かな火花が星みたいに散らばって、でもそれは、わたしの目には全然きらきらして見えない。

「ごめん昴、何か言った？」

「あ、えっと……ううん、なんでもない」

「嘘つけ。何か言おうとしたでしょ。言いたくないことは聞かないけど、言いたいことなら無理やりにでも言わせるよ」

「う……えっと、あのね、わたし、部活辞めるかもしれない」

「は？」

またひとつ大きな花火。それから息吐く間もなく次々に新しいものが上がっていく。いくつもの花火が夜空を彩る。みんな、そればかりを見ている。

「ちょっと待って昴、それ本当なの？」

「うん。奈緒、花火いっぱい上がってるよ」

「それどころじゃないっての。ねえ昴、なんでよ、せっかくはじめたんでしょ。どうして辞めちゃうの」

みんなが空ばかり見上げている中で、奈緒だけはどうしてかわたしのことを見ていた。

それどころじゃないって。それこそそれどころじゃない。奈緒、ひとりでも来たいくらいにこの花火を楽しみにしていたくせに。

「かっこ悪いよね。でもやっぱり駄目みたいなんだ。本当、嫌になるよ」

自分のことが嫌いだけれど、ここまで嫌いになったのははじめてかもしれない。

後悔ばっかりだ。なんであんなことを言ってしまったんだろうとか、なんで真夏くんと仲良くなってしまったんだろうとか。

はじめからおかしかった。学校で一番の有名人で、人気者で、きらきらしていて、多くの人に囲まれている真夏くんが、わたしのことを見つけて特別みたいに扱ってくれるなんて、それがおかしかったんだ。

そんなわけないって、はじめからわかっていたじゃないか。

「ねえ昴、あんたね、ヒトかモノか知らないけど、好きなこと見つけたんでしょ」

花火の音とまわりの人の声。騒がしくて耳鳴りがしそうなその中で、でも奈緒の声は掻き消されず届いてしまった。

「見りゃわかるんだよ、昴ってそういう性格なんだもん。目指すものを見つけたら、真っ直ぐにそれに向かって走ってく。言ったじゃんあたし、そういう昴が好きだって」

奈緒はもう、本当に花火なんて見てなかった。あんなにも綺麗なのに、こんなにも一生懸命、わたしなんかのことを叱ってくれている。

なんでか、知らないけれど。一生懸命。

「辞めるべきじゃないよ。言っておくけど適当に無責任に言ってるわけじゃないからね。だってあんときとは違うってわかるもん」

違くないよ、もういいよ。

終わったんだ。夏休みが明けたらきっと全部元どおり。

屋上なんか行かない。真夏くんのことは遠目に見るだけ。騒がれたり告白されていたりするのを、まわりに合わせて一緒に噂するんだ。

それでいいんだ。十分だった。

なのに、いつからなんだろう。

「らしくないよ、自分を抑え込むのさ。あんた、真っ暗って言うけど、それって自分で目ぇ瞑ってるだけなんじゃないの？　そりゃ何も見えるはずないよ」

いつから、こんなに、真夏くんといるのが楽しくて、離れるのが嫌になってしまったんだろう。絶対に自分の立ち位置は間違えないって決めていたのに。

「あんたは一回観念してさ、目ん玉見開いてみるべきだって。そしたらちゃんとさ、もう、見えてるものはあるはずなんだよ」

空に、いくつも花火が上がって消える。夜の空を照らす灯り。

「……」

見えているものって、なんだろう。

わたしの真っ暗で小さな世界に、一体何が見えている？

あの夏の終わりに、全部消えてしまったはずだ。青い空も、眩しい光も。

わたしの世界に光はひとつだけだった。誰より速く走るという、そのたったひとつの夢だけが、わたしのすべてを支えていた。

だからそれがなくなって、青空が壊れて光が消えて、何も見えなくなって、立ち上

がれなくて声も出せなくなった。世界は広がることはない。光ももう、見つけられない。そう思っていた

——昴センパイ。

ああ、そうだ。

ずっと下を向いていたせいで、気づくのがこんなにも遅くなってしまったけれど。真っ暗闇でうずくまるわたしの真上で、光は確かに、もう一度輝いた。

——つまずいて転んだっていいんだから、もっと上を見ようよ。

あの頃みたいに世界のすべてを照らす光じゃないけれど、それでも確かに光っている。それを見るには、顔を上げるだけでいい。

勇気を出して、立ち上がって、顔を上げれば確かにそこに、夜を明るくする星がある。

——ほら、センパイだってもう知ってるんでしょ。

奇跡は、もう一度起きてしまった。

「昴、携帯、ずっと鳴ってるよ！」

奈緒の声でハッと我に返り、慌てて携帯を取り出した。鳴っていたのはアラームだけど、そんなもの設定した覚えはない。

間違えて起動させてしまったのかと思いながら画面を開いて、息を止めた。

でも、頭の中はいろいろなことを考えた。

いろいろなことを考えたけれど、浮かぶことは大体一緒で、浮かぶ人もひとりだけ。

どうしようもなかった。

やっぱり何も変わっていないんだ、わたし。もう何も持っていなくて、どこにだって行けないはずなのに、どうしてもその光を追いかけたくなってしまう。

「奈緒、ごめん」

何がとは、奈緒は聞かなかった。

「ごめん、ちょっと用事ができた。行かなきゃ」

「うん。それって、あたしと花火見るより大事な用なの？」

「そう、部活」

「ならいってらっしゃい。頑張れ昴」

手を振る奈緒に振り返す。

花火の真っ最中の人混み、そこを掻き分けるたびに迷惑そうな顔をされたけれど、何度も謝りながら、でも足は止めなかった。

頑張って、わたしの足。治っているんでしょう、走れるはずだよ。

速くなくていいんだ。あの頃のようには走れなくていい。

ただ、約束の場所まで行ければいい。

そこで会えるかどうかはわからないけれど、やっぱりこれで終われないから。

だって見えたんだ。あの頃よりもずっとずっと小さいけれど、でも確かな光が。

真夜中で優しく導いてくれる、夜空の星のような小さな輝きが。


学校の裏門のそばに、裏山をのぼっていく細い坂道がある。こんな場所に電灯はなく、道路から少し行くだけで先は真っ暗になった。

携帯をぎゅっと手の中に握ったまま、その坂をのぼっていく。

【真夏くんとペルセウス座流星群観測会】

予定の一時間前に鳴るように設定していたアラームは、わたしが前に真夏くんとした約束を教えてくれていた。

この日にペルセウス座流星群が見られるから一緒に見ようと真夏くんが誘ってくれて、忘れないようにしようとその場でふたりの携帯に予定を入れた。夏休みの、前の日。

場所はまだ決めていなかったけれど、観測をするならこの裏山だろうという自信があった。坂道をゆっくりのぼっていく。時々空を見上げながら、足を止めずに、一歩一歩。

あたりは濃い緑の匂いに包まれている。それからまとわりつく、真夏の生ぬるい空気。

花火はまだ遠くで上がっていた。音のするたび一瞬空が明るくなった。

ここは静かだ。人もいない。誰も来るはずなんかないんだ。こんな、何もないところになんて。

それでもやっぱりきみは、たったひとりでここにいる。

「……」

少し切れた息を整えながら見上げた。真夏くんは、驚いた顔でわたしを見ていた。

そろそろ花火はクライマックスだ。音がやまずに鳴っている。

「真夏くん」

呼ぶと、真夏くんは「昴センパイ」と確かめるみたいに名前を呟いた。

丸く見開いた目が星明りで見える。

坂道の終わりで踏んだ草に、くしゅっと柔らかな感触がした。

「……真夏くん」

もう一度、名前を呼んだ。真夏くんはもう答えなくて、ただわたしのことを見ていた。

しん、と一呼吸する間、空気が止まり、真夏くんが、肩で息をした。

「え？」

そしてくるりと背を向け、突然走り出す。

「ちょ、真夏くん!?」

わたしのいないほうへと逃げるみたいに走っていくから、わたしは慌ててそれを追いかける。

「待って！　逃げるな！　真夏くんてば！」

逃げられちゃ、ここまで来た意味がない。

話がしたいんだ。ほんの少しだっていいから。

「真夏くん！」

少し離れれば見えなくなってしまう背中に向かって叫びながら追いかけた。

逃げないで。こっちを向いてと。

そうしたら、あまりにもあっさりと前を行く背中が止まるから、わたしも数歩後ろで戸惑いつつも追いかける足を止めた。

ふたつの呼吸が大きく聞こえる。真夏くんはわたしよりも息が上がっている。

「はあっ……あ、えっと……」

「……」

振り返った表情はよく見えなかった。

真夏くんは黙ったままで、どんな顔で聞いてくれているのかもわからない。

「あの、ね、真夏くん」

ひとつ深呼吸をした。指先が震えているのがわかって、ぎゅっと両の手のひらを握った。

少し不安だ。真夏くんがどこまで聞いてくれるかわからないし、今、どんな気持ちでいるかもわからない、けれど。

「ごめん。わたしの顔なんて見たくないかもしれないけど、どうしても謝りたくて」

どうしても、伝えたいことがあって来た。

やっと気づいた、それは、とても小さくて些細《ささい》なことではあるけれど、でも、真夏くんには絶対に、言わなくてはいけないことなのだと思う。

「あんなこと言ってごめん。全部わたしの八つ当たりなんだ。真夏くんが、仲良くしてくれたのも、特別って言ってくれたのも、わたし本当はすごく嬉しかったのに、昔とは違う自分が、恥ずかしくて、嫌で」

あの頃のわたしと今のわたしを比べて、真夏くんがどう思うのか、考えるのが怖かった。真夏くんが憧れてくれたのは、好きなことに真っ直ぐに向かっていっていた、世界が綺麗に見えていた、どこまでも行けたわたしだ。

でも今のわたしは全然違う。だから、真夏くんがあの頃のわたしに憧れていてくれるほど、今のわたしを見てどれだけ幻滅しているかって、きみから直接聞く勇気がなかった。

真夏くんから言われたらって、考えるだけで死にそうになる。でも。

「わたしね、真夏くんが眩しくて、羨ましかったんだ。好きなことを真っ直ぐ追いかけ続けて、自分に胸を張れている真夏くんを羨ましいと思ってた。わたしにはもうできないことだから。でもね、真っ暗じゃなかった。わたしの世界にも、また光るものがあった。もう、二度とこんな光には出会えないと思っていたのに、奇跡、また起きたみたい」

真夏くんはじっと黙ったままそこにいた。

一度言葉を切って、ぎゅっと手を握り直す。

伝えたいことは何だろうって考えた。まだまだいっぱいある。自分がどれだけ臆病だったか、真夏くんにどれだけ憧れたか、真夏くんが何をくれたか、それがどれだけ嬉しかったか。

でも、数歩離れた場所にいる真夏くんと目が合ったら、そのどれも言えなくなってしまった。

「真夏くん」

伝えたいことはたくさんある。でも、本当はきみのための言葉より何より、一番にこう言いたかった。

「お願い、わたしのこと、嫌いにならないで」

まばたきすると涙が落ちた。泣きたくないけどどうしようもなかった。

嫌いにならないでなんて言うけれど、なおさら呆れられたかな。こんな自分勝手なことしか言えないなんて、本当、かっこ悪すぎる。

でも自分に嘘は吐きたくない。わたしは今のわたしのことを、きちんときみに伝えたい。

きみがきみの世界を一生懸命伝えてくれたように。

わたしの本当のことを、そのままの色で伝えたいんだ。

「昴センパイ」

真夏くんが呟いた。

一歩だけ前に出た足は、一歩分だけわたしときみとの距離を縮めた。

星の明かりが届いていた。まるでそのために空の上で光っているみたいに。だから、真夏くんの表情が、わたしの目にはっきりと見えた。

「おれがセンパイの何を嫌いになるの」

草の先に、虫の声に、夏の風に、夜の空に、声が静かに響いていく。

響いて溶けて、ゆっくり震える。

なんでこんなにもあたたかいんだろう。

　くしゅっと、またひとつ草の音がして、顔を上げるときみがいる。綺麗な顔で、泣きそうに笑っている。

「なるわけないよ。だって、こんなにも好きなのに」

　――花火が上がった。

　最後を彩る三尺玉だ。あたりが、夜空と一緒に一瞬色とりどりに染まる。

　遠くで響いた歓声がやめば、しんと静かな空気が戻った。花火大会の終わりだ。夏の夜はまた、いつもと同じ景色に戻る。

「……でも、真夏くん今逃げたじゃん。メールだって、一回もくれなかった」

「それは、昴センパイがおれのことを嫌になったと思ったから。昴センパイの嫌なことは、したくないし」

「嫌なんて、わたし言ってない」

「言っておくけど、先におれの前から走って逃げたのは、昴センパイのほうだ」

　ずびっと鼻水をすする。

　……何それ、逃げた覚えなんてないけど。あ、そうだ、真夏くんと最後に会った日のあの屋上で、確かにわたしは走って逃げた。

「……ごめん。でもあれは、真夏くんのこと、嫌いになったわけじゃなくて」

「うん、昴センパイが今言ってくれたから、もうわかってる。だから、ね」

また、真夏くんの目がこっちを向いた。その目にはきらきらと光が瞬いていて、まるで小さな星空みたいだと思った。

綺麗だなあって。いろいろ考えていたことが全部飛んで、それだけを思う。

きっと空を見すぎて移ったんだ。小さな粒の、光の色が。

「だからね、もしも昴センパイがいいよって言ってくれるなら、おれはセンパイのために、きっとなんだってする」

一歩二歩と近づいた。真夏くんはもう逃げなかった。

下ろされていた手を握ってみる。すると、恐る恐る握り返してくれた手に、わたしは心底思う。なんでこんなにあたたかいものに今まで気づかずにいたんだろう。真夏くんはいつだって、こんなにも真っ直ぐ丁寧に、わたしに温もりを伝えてくれていたのに。

「昴センパイの好きにして。センパイがいいか嫌かなんだ。おれの気持ちはもうずっと前から決まったままなんだから」

近づきすぎたその顔は見られない。俯いたままで、でも、指先だけ力を込めた。

これだけで心の中身全部伝わってしまえば、それほど楽なことはないのに。

「……昴センパイ。この手はさ、おれ、都合のいいように捉えちゃっていいのかな」

「……」

「ねえ、昴センパイ」

うん、と答えた声は、すごく小さかったけれど、きちんと届いたみたいだ。こんなにもそばにいるから、どんな声も聞こえてしまう。

もっとたくさんお喋りしたい。行けるならいろんなところにも行きたい。仲良くしたい。できれば一緒にいてほしい。そういう思いがいっぱいあって、でも何ひとつ言葉にはできなくて、なのに全部ちゃんと伝わったみたいに真夏くんは「わかった」って答えた。

顔を上げてみた。夜の中でも、真夏くんの表情がはっきりと見えていた。

「いいよ、昴センパイ。ずっと一緒にいてあげる」

いつもなんでだろうって思うよ。

なんで、わたしが心の奥で本当に欲しいって思っている言葉が真夏くんにはわかるんだろう。

いつだって真夏くんはそれをくれた。きみがくれた言葉は、心の深いところまでもぐって、沁み込んでいくみたいに体の中を満たしていく。

わたしが自分でも気づいていないようなことに、きみは気づいてくれていたから。

「ねえセンパイ、ちょっと、来て」

　真夏くんがわたしの手を引いた。聞き返す間もないまま、真夏くんはそのまま裏山の坂道を下りていく。靴が砂を踏む音がする。時々草が足をくすぐった。真夏くんはどんどん、止まらずどこかへ進んでいく。

「ねえちょっと、どこ行くの？」

「学校」

「学校？」

「うん、グラウンド」

　どういうこと、っていうのはもう聞かないようにしている。わたしは少し早足の真夏くんの背中を、足を踏み外さないようにしながら追いかけた。

　たまに空を見上げた。星が、時々呼んでいるみたいに瞬いている。

「昴センパイ、おれね」

　真夏くんが足を止めないまま話し出す。

「おれ、中三のときに昴センパイを見たんだ。すごかったよ。目を離せなくて、いつまでだってあのときの姿がずっと頭に残ってた。たった一瞬遠くに見ただけのセンパイが、いつの間にか、おれには特別な人になってた」

　坂を下りたら目の前が裏門だ。錆びていて動かないけれど、乗り越えることは簡単だ。

「でもね、そんな人が夢を諦めて、ひとりきりで前を向けなくなっているって知ったんだ」

裏門を超えたら第二校舎の脇を抜けて、自転車置き場の横を通れば、そこがもうグラウンドになる。

「だからね、今度はおれが、その人の光になってあげたいと思ったんだよ」

グラウンドは真っ暗だった。いつも暗くなっても煌々《こうこう》と点いているライトも、今日はもう役目を終えて休んでしまっている。

当然人なんて他にいない。夏休みのこんな時間、校舎も明かりが点いている窓なんてどこにも見当たらない。

ふたりで立った場所はグラウンドの端だった。

目の前にあるのは長い直線。短距離100メートルのコース。

「ねえ昴センパイ、競争しよ」

わけもわからず立ちすくんでいたら、突然真夏くんがそんなことを言うから驚いた。

競争って、こんな状況なのだから、当然100メートル走、しかない。

「昴センパイって、普通に体育やってるし、走ることはできるんでしょ」

「え、う、うん。問題ないよ」

「じゃあやろうよ。言っておくけど、本気でだからね。手は抜かないで。おれも真剣にやるから」

　真夏くんはそう言って、適当にストレッチをしはじめた。

　本当に適当なそれを横目に見ながら、目の前のコースをゴールまで目で追う。もちろん、先は暗くて見えないけれど、距離なんてもう体に沁み込んでいる。

　100。走ることはもうないと思っていたけれど、久しぶりに、走ってみようか。

　あの頃と違っても。

「……負けないよ、わたし」

「おれだって」

「100だけは、誰にも負けられないんだよね」

　スタートラインの一歩手前に足を置いた。

　膝を曲げてしゃがんで、ラインぎりぎりに両手を並べる。

　スターティングブロックはないけれど。靴もスパイクじゃないし、地面もゴムじゃないけれど。

　少し、あのときの感覚が体全部に蘇る。

「よーいどんはおれが言うよ。ハンデね」

　真夏くんがわたしの隣に並んだ。わたしとは違う、立ったままのぎこちないスタートの姿勢になんだかちょっと笑えてきた。陸上未経験の感じが全面に出ている。そういえば真夏くんって、スポーツ得意じゃなさそうだったな。

「何笑ってんの？」

「笑ってないよ。いいよ、合図は真夏くんで」

「ふうん」

あまり納得してない顔だったけれど、真夏くんは「じゃあ行くよ」と呟いた。

風がやむ。

指先に力を入れる。暗闇に浮かぶ直線を見る。

『On your marks——』

ここにはないはずの声が頭に響く。

「よーい」

『——Set』

あの夏の音が重なった。

匂い。風。何もかもが蘇るようで、でも感じているのは、まったく違うもの。

「どんっ！」

同時に走り出した。

左足に痛みはない。暗くて見えないゴールまで、ただ両足を蹴り続ける。

息を止めた。まばたきを止めた。鼓動が響いて、そのうち思考もなくなっていく。

体が、軽く、風に押される感覚がした。

ああ、これだ。思い出す。まるで背中に羽が生えたみたいに、どこまでも、飛んでいけそうなこの気持ち。

前へ。前へ。もっと前へ。

その先に見えるのは鮮やかな青の世界だ。どこまでも広がったその向こうには、眩しすぎるほどの、光。

そう、いつか見た、あの景色――。

「っはあ！」

ザッと靴の下で砂が鳴った。

先にゴールラインを踏んだのはわたしで、ほんのわずか遅れて真夏くんがラインを超えた。

「はあっ……けほ、はあっ……！」

切れる息は、肺一杯に呼吸をしても足りなかった。胸に当てた手に心臓が直接鼓動を打って、耳元でだって音が聞こえる。筋肉がびりびりとしびれた。たった一度走っただけなのにこんなふうになるなんて。

少しする眩暈《めまい》に、おでこに手を当てて、その下で笑う。

「昴センパイ、やっぱり、速いね」

横で、わたしよりもつらそうにしゃがんでいる真夏くんが息も切れ切れにそう言った。

「ううん、速くないよ。すごく遅くなってる。一本走っただけでこんなに疲れるしね。やっぱり鈍ってるんだね」

「でもおれよりも速かった」

「あは、そうだね。真夏くんには勝てたよ」

長く息を吐いて、もう一度大きく吸った。

空を見た。花火の煙が晴れたおかげだろうか、さっきよりもはっきりと星が見える気がする。

……走っていたときに見えた青い景色はもうなくて、ここにあるのは真っ黒な空と、そこに光った、小さな粒だけ。

「……」

息を吐いた。

くちびるを噛んだ。

それでもぽろっと涙が出た。

本当はもう、わかっていたんだ。

「……わたしね、もうあのときみたいには走れないこと、夢を諦めなきゃいけないこ

と、ちゃんとわかってたの。けじめついてた。本当に怖かったのは、苦しかったのは
……あのときみたいに世界が輝くことが、もう二度と、ないんだってことだったんだ」

あんなにも眩しかった光と、それだけを追いかけ続けていた日々。

わたしにとってそれがすべてだったから、なくしてしまったとき、叫んでも泣いても足りないくらいに、苦しくて、悲しかった。

だってもう二度と、あんなものには出会えないから。

あんなにも焦がれて、目指して、走り続けた大きな光は、たったひとつだったからこそあれほど強く輝いた。

だからもう二度と見つけられない。そんなものが、他にあるはずなんてない。

確かにあの光にはもう会えない。

「でも、もう大丈夫、だってね」

真夏くんを見た。真夏くんは、わたしが伸ばした手を掴んで立ち上がり、丸い目を何度もまばたきさせて、わたしを見ていた。

「だって、真夏くんに会えたから」

もう、こんな世界には何も見えないと思っていた。

真っ暗で、どうしようもなくて、怖くて仕方なかったから、同じ場所でただ蹲《うずくま》っていた。

だけど勇気を出して顔を上げれば、確かにそこには光があった。とても小さなものだけれど、わたしの行く先を示してくれているみたいに、いつだって頭の上で、真っ暗闇の中、光っていた。

それがきみだって、やっと、気づいたんだ。

「……昴センパイ」

わたしが涙を拭いて笑うと、今度は真夏くんがぼろぼろ泣いた。ぎょっとしたけれど、慌てるよりも、綺麗だなって思ったほうが先だった。

真夏くんの目が、いつもよりもっときらきらして、本当に夜空が入り込んでしまったみたいに見える。

「昴センパイ、好き」

「うん」

「すごく好き」

「うん」

ぎゅっと、真夏くんがわたしを抱きしめた。

一番近くで温度を感じて、匂いを嗅いで、呼吸と鼓動の音を聞く。

なんで気づかずにいたんだろう。いつだってきみがくれていたたっぷりの優しさと愛情に。

今ならわかる。真夏くんの言うとおりだった。光は決してひとつじゃない。真っ暗闇だと思っても必ずどこかにそれはあって、わたしのことを待っている。あとは勇気を出すだけなんだ。顔を上げて、ゆっくりでも、立ち上がって手を伸ばす。そうしたら必ず見つけられる。

自分だけの目印になる、特別で、大切な光を。

「あ」

肩越しに、空を見上げた。

あれ、今見えたのってもしかして。あ、やっぱり、もうひとつ。

「どうしたの昴センパイ」

「やばい、めっちゃ流れ星見えた」

「えっ！」

ガバッと真夏くんも顔を上げた。でも当然もう遅い。流れ星はとっくに消えて、空は静かになってしまった。

「どこ？」

「もうとっくに消えたって」

「そんなあ……もうちょっと早く教えてよ」

「無茶言わないでよ。あ、って言うだけで限界だって。流れ星って本当にすぐに消えちゃうんだね」

「もうおれ見逃さないよ、ずっと空見てるから。昴センパイも一緒にだよ」

いつになく真剣な顔の真夏くんに、わたしは笑うのを堪えて「うん」と答えた。

今の今まで泣きながら抱きしめてくれていたくせに、もう星のことに夢中になって空しか見ていない。なんかだか少し悔しいけれど、でも、やっぱりそれが真夏くんらしい。

わたしは真夏くんのそういうところが、すごく。

「ねえ、真夏くんって星になりたいって言ってたよね」

思い出したことを尋ねた。空を見上げたまま、右手と左手だけは繋いだままで。

「うん、なりたい」

「じゃあさ、なるならこういう、一瞬でみんなを幸せにしてくれる流れ星か、ずっと同じ場所で光ってる恒星か……あとは彗星《すいせい》みたいな旅するやつとか、どれがいい？」

「んん、そうだなあ……」

真夏くんは少し考えるように呟いてから「昴センパイはどれが好き？」と聞き返してきた。

「わたし？」

「うん」

「わたしはどれもいいと思うよ。流れ星とか彗星は特別感があるのがいいけど、普通の星だっていつもきらきらしててくれてさ」

「じゃあどれでもいいよ。特にこだわりはない」

「どれでもいいの？」

「うん、センパイが、見てくれるなら」

あ、って。言ったのは同時だった。

タイミングが同じだったから、同じ流星を見たんだと思う。

流れ星ってこんなにも一瞬だ。それを一緒に見られたことが、なんだかすごく嬉しくなって、そうだなあって考える。

真夏くんは流れ星に似ている。その他の大勢と違う特別な人で、みんながじっと見とれて、嬉しい気持ちになってしまうから、それってまるで流れ星みたいだと思う。

でも……わたしにとっての真夏くんは、少し違うかもしれない。

真夏くんは流れ星じゃなくて、そう、たとえるなら。

――ポラリスって知ってる？

北の空にぽつりと浮かぶ明るい星。いつだって動かずに、みんなに位置を知らせる北極星。

真夏くんはまるで、あの星みたいだ。

世界が本当に真っ暗にならないように、そこで光って夜空を柔らかく照らしている。顔を上げる人に向かって、ここにいるよと、言ってくれているように。

だからわたしはきみに向かって歩いていく。まだ少し怖いけれど、踏み出さなければ何も変わらないから。

大丈夫。きっと、大丈夫なんだ。

頑張って、足を踏み出して。見つけたその先にいるきみが、手を伸ばしてわたしのことを待っていてくれるなら。

わたしはまた、どこまででも行ける。

「真夏くん」

「何？」

「真夏くんは北極星みたい」

「北極星かあ。それもいいね」

「でしょ」

「おれ北極星、すごく好き」

顔は見ていないけれど、たぶん今、笑っている気がする。空気がふわって変わるんだ。真夏くんが笑ってくれると、不思議なんだけど、きらきらと、星が夜空に輝くみたいに、きみのいる世界が煌めき出す。

「わたしも好き」

「うん」

「北極星がじゃないよ」

「うん？」

「真夏くんのこと」

揃って目を合わせた。

真夏くんは驚いた顔で目を丸くして、そのうえまた泣き出すから、わたしはつい、笑ってしまった。

エピローグ　有明けグロウ

まだ真夏のような蒸し暑さの残る九月。

今日は、新学期の始業式の日。

「もう夏休み終わったとか信じられない。信じたくない」

登校中、隣を歩く奈緒は何度もあくびを噛み殺していた。

「足りないよ夏休み！　もっと一日中テニスしてたかったよぉ。授業始まるなんて、やる気なくす」

「でも次の大会も近いんでしょ？」

「まあね。気持ち切り替えて頑張るぞ！」

奈緒の肌は、夏休み前より日に焼けた。伸びかけた髪はばっさり切って、背負ったラケットケースも新しいものに変わった。

めいっぱい、とことん、奈緒は奈緒なりに今年の夏を過ごしていた。自分の目指すもののために、絶対に後悔しないようにと。

「ところで、昴はどうなの？　例の部活、辞めるのやめたんでしょ。順調なの？」

「うん、順調」

「へえ。なんか、楽しそうだね」

「まあね」

マンホールを踏んで角を曲がる。もう学校は見えている。

本日も晴天だ。天気予報では一日中晴れだったから、たぶん今日も綺麗に星が見える。

下駄箱には、一ヶ月半ぶりの手紙が入っていた。

メールできるのに、学校ではやはりこれなのか。星柄の手紙は案の定今日の場所を伝える内容。

『昴センパイへ

今日は屋上でやります

真夏』

「あれ、昴ったらまたラブレターもらったの？」

「うん。羨ましいだろ」

「嘘、冗談のつもりだったんだけど！」

驚いた奈緒が、慌てて手紙を覗こうとしたけれど、軽くかわして大事にポケットにしまう。この手紙のことは、最後まで内緒にしたいんだ。なんか、なんとなく。

教室へ向かうまでの廊下でさゆきを見つけた。向こうも同時にわたしのことを見つけたみたいで、数歩離れたところから、わたしのほうを向いていた。

廊下は、ざわざわ、人が多くなってくる。

「さゆき、おはよう」

「センパイ、あたし、インハイ五位でした」

挨拶よりも、さゆきはそのことを先にわたしに伝えた。

インターハイで五位。いい報《しら》せのはずなのに、目の前にいるさゆきの顔はさっきからずっと晴れないままだ。

一年生、初出場のインターハイで五位入賞の結果を残したことは、十分に誇れて自信に繋がる結果なのに。

「おめでとうさゆき」

「おめでたくないですよ。だって、センパイを越せなかった！」

さゆきはきゅっとくちびるを噛んだ。

わたしが去年出したインターハイの結果と記録。両方とも越せなくて、さゆきが死ぬほど悔しがっていたとは、高良先生から聞いてもう知っていた。

「……悔しいです。たぶん今までで一番。でも、あたし、絶対に追い抜きますから。あたし、誰よりも……昴センパイよりも速くなって、絶対に世界で一番になりますから」

小さく息を吐いたさゆきは、一度強くまばたきをすると、大きな目を見開いてわたしを見上げた。

「見ていてくださいセンパイ。だってあたし、昴センパイより速く走るのがずっと、ずっと夢なんです」

もうさゆきは、わたしよりずっと速く走ることができる。それでもさゆきがわたしを目指すなら、わたしにできるのは、この何もない小さな背中をずっと見せていてあげることだけだ。

「うん、見てるね」

「はい！」

きっと、さゆきは、わたしが行きたくても行けなかったところまで飛んでいくんだろう。

その道が険しくなければいい。できるだけ雨も降らずに、いつだって光に照らされていればそれでいい。小さくても、わたしがもう一度見つけたものみたいな光でさゆきの世界が溢れて、どこまでも行けたらいいって、今は本当に、そう願う。

「……ねえセンパイ。報告ついでに、ひとつ聞きたいんですけど」

おずおずと、さゆきがさっきの返事とは打って変わった様子で言った。首を傾げると「本当に、陸上部にはもう戻らないんですか？」と、遠慮がちな表情で、でもはっきりと聞いてきた。だからわたしも、誤魔化さずに答えることにした。

「うん。もう戻らない。わたし、今の部活が好きなんだ」

「それって、陸上と同じくらい？」

「うん」

複雑そうな顔をして俯くさゆきに、わたしは少し考えてからこう続ける。

「でも、たまには、顔くらい見せるよ。みんなに迷惑かからない程度にね」

たぶん今なら、陸上部の仲間たちとも素直な気持ちで顔を合わせられるだろう。部に戻れなかったのは、走れなくなったからだけじゃなく、そんなわたしを部員たちがどう思っているか知るのが怖かったからでもある。でも、わたしが自分の力でもう一度立ち上がれるまで、何も言わずに距離を取り続けてくれたみんなの優しさには本当は気づいていた。だから、遠くからわたしを理解して支えてくれた彼女たちに、今なら謝れるし、これからのエールも送れると思う。

一年前、一緒に夢を見たみんなを、今度はわたしが支えられたらいい。

そして、すぐにじゃなくてもいつかまた、みんなと走れたら、きっと——。

「誰も迷惑だなんて思いません。昴センパイ、絶対ですよ！」

ぱっと顔を上げ、声を弾ませるさゆきに、わたしは大きく笑って頷いた。

そのときふと、廊下がざわざわと騒がしくなっているのに気づいた。

特に女の子たちの声がする。その声の先に、昨日までずっと一緒にいた、その姿を見つけた。

目が合った。でもそれはあっという間にふっと逸らされる。

偶然のようなその一瞬以外、わたしたちに関わりはなくて、まるで赤の他人みたいに距離は遠い。きみはたくさんの人に囲まれて、騒がれて、わたしは集まる大勢の中のひとりでしかない。

学校ではあの屋上以外知らないふり。そう決めたのはわたしだ。もう誰にも騒がれたくなくて、知られたくなくて、内緒にしようとお願いをした。

「真夏くん！」

大きな声を出すと廊下にいた人たちが一斉に振り向いた。

騒がしかった場所が途端にしんと静まり返って、視線の全部がわたしに向いた。

奈緒もさゆきも驚いた顔をして、でもその中で、誰より驚いていたのは、人混みの向こうの、真夏くんだ。

「……」

狭い真っ暗闇。わたしはずっとそんな場所にいたけれど、それはただ、わたしが立ち止まって目を瞑っていただけなんだと知ってしまった。

少し、怖くても、目を開けてみた。一歩、足を進めてみた。

そして見つけた小さな目印。

真っ暗な中、確かに光る、明かりが見えた。

それが何かなんて、きみももう知っているでしょう。

わたしの中の一番星。それは——。

「お、おはようっ！」

裏返った声が恥ずかしかった。でも、逃げずに向き合った。

まだまわりは呆然と黙り込んだまま。視線だけ、わたしに向けて固まっている。

心臓が鳴っていた。開いた窓から風が吹いた。

ぬるい風。真夏よりも、少しだけ涼しい気がする秋の匂いの空気。

真夏くんの表情が、ふわりと、あたたかに変わった。

「おはよ、昴センパイ」


世界が色づく方法。それは、たったひとつじゃないらしい。

真っ青な空へ、飛ぶことはもうできないけれど、真夜中を、あの星目指して歩く方法をわたしは知った。

きっと、その一歩とその光は、わたしにとって特別なもの。

世界はもうこんなにも広いから。

その踏み出した足と、真夜中に光った一粒の星が、
わたしの銀河の、はじまりなんだ。

（了）

この物語はフィクションです。実在の人物、団体等とは一切関係がありません。

沖田 円先生へのファンレターのあて先
〒104-0031　東京都中央区京橋1-3-1　八重洲口大栄ビル7F
スターツ出版(株) 書籍編集部 気付
沖田 円先生

真夜中プリズム

2017年7月28日　初版第1刷発行

著　者　沖田 円　©En Okita 2017

発 行 人　松島滋
デザイン　西村弘美
D T P　株式会社エストール
編　　集　篠原康子
　　　　　堀家由紀子
発 行 所　スターツ出版株式会社
　　　　　〒104-0031
　　　　　東京都中央区京橋1-3-1　八重洲口大栄ビル7F
　　　　　TEL　販売部　03-6202-0386（ご注文等に関するお問い合わせ）
　　　　　URL　http://starts-pub.jp/
印 刷 所　大日本印刷株式会社

Printed in Japan

乱丁・落丁などの不良品はお取り替えいたします。上記販売部までお問い合わせください。

本書を無断で複写することは、著作権法により禁じられています。

定価はカバーに記載されています。

ISBN　978-4-8137-0294-8　C0193

この1冊が、わたしを変える。

スターツ出版文庫　好評発売中!!

神様の願いごと

沖田《おきた》 円《えん》／著

定価：本体610円＋税

夢見ることを教えてくれたのは、
〝神様〟でした——。

永遠に
心あたたまる
物語
第1位

切ないほどの愛、夢、そして絆——。
生きる意味を知り、心が満ちていく。

夢もなく将来への希望もない高2の七槻千世。ある日の学校帰り、雨宿りに足を踏み入れた神社で、千世は人並外れた美しい男と出会う。彼の名は常葉。この神社の神様だという。無気力に毎日を生きる千世に、常葉は「夢が見つかるまで、この神社の仕事を手伝うこと」を命じる。その日を境に人々の喜びや悲しみに触れていく千世は、やがて人生で大切なものを手にするが、一方で常葉には思いもよらぬ未来が迫っていた——。沖田円が描く、最高に心温まる物語。

ISBN978-4-8137-0231-3

イラスト／げみ

この1冊が、わたしを変える。

スターツ出版文庫　好評発売中!!

春となりを待つきみへ

沖田《おきた》 円《えん》／著

定価：本体600円＋税

一生分、泣ける物語 No.1

大切なものを失い、泣き叫ぶ心…。
宿命の出会いに驚愕の真実が動き出す。

瑚春は、幼い頃からいつも一緒で大切な存在だった双子の弟・春霞を、５年前に事故で亡くして以来、その死から立ち直れず、苦しい日々を過ごしていた。そんな瑚春の前に、ある日、冬眞という謎の男が現れ、そのまま瑚春の部屋に住み着いてしまう。得体の知れない存在ながら、柔らかな雰囲気を放ち、不思議と気持ちを和ませてくれる冬眞に、瑚春は次第に心を許していく。しかし、やがて冬眞こそが、瑚春と春霞とを繋ぐ“宿命の存在”だと知ることに――。

イラスト／カスヤナガト

ISBN978-4-8137-0190-3

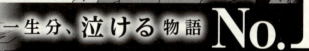

この1冊が、わたしを変える。

スターツ出版文庫　好評発売中！！

一瞬の永遠を、きみと

沖田《おきた》 円《えん》／著

定価：本体540円＋税

読書メーター 読みたい本ランキング 第1位

発売後 即重版!!

生きる意味を見失ったわたしに、
きみは“永遠”という希望をくれた。

絶望の中、高1の夏海は、夏休みの学校の屋上でひとり命を絶とうとしていた。そこへ不意に現れた見知らぬ少年・朗。「今ここで死んだつもりで、少しの間だけおまえの命、おれにくれない？」――彼が一体何者かもわからぬまま、ふたりは遠い海をめざし、自転車を走らせる。朗と過ごす一瞬一瞬に、夏海は希望を見つけ始め、次第に互いが“生きる意味”となるが…。ふたりを襲う切ない運命に、心震わせ涙が溢れ出す！

ISBN978-4-8137-0129-3　　イラスト／カスヤナガト

この１冊が、わたしを変える。

スターツ出版文庫　好評発売中！！

僕は何度でも、きみに初めての恋をする。

沖田《おきた》円《えん》／著

定価：本体590円＋税

誰もが涙し、無性に
誰かに伝えたくなる……
超感動恋愛小説！

何度も「はじめまして」を重ね、そして何度も恋に落ちる――。

両親の不仲に悩む高１女子のセイは、ある日、カメラを構えた少年ハナに写真を撮られる。優しく不思議な雰囲気のハナに惹かれ、以来セイは毎日のように会いに行くが、実は彼の記憶が１日しかもたないことを知る――。それぞれが抱える痛みや苦しみを分かち合っていくふたり。しかし、逃れられない過酷な現実が待ち受けていて…。優しさに満ち溢れたストーリーに涙が止まらない！

ISBN978-4-8137-0043-2

イラスト／カスヤナガト

スターツ出版文庫　好評発売中!!

『京都あやかし絵師の癒し帖』　八谷《はちや》 紬《つむぎ》・著

物語の舞台は京都。芸術大学に入学した如月椿は、孤高なオーラを放つ同じ学部の三日月紫苑と、学内の大階段でぶつかり怪我を負わせてしまう。このことがきっかけで、椿は紫苑の屋敷へ案内され、彼の代わりにある大切な役割を任される。それは妖たちの肖像画を描くこと――つまり、彼らの“なりたい姿”を描き、不思議な力でその願いを叶えてあげることだった…。妖たちの心の救済、友情、絆、それらすべてを瑞々しく描いた最高の感涙小説。全４話収録。

ISBN978-4-8137-0279-5 ／ 定価：本体570円＋税

『太陽に捧ぐラストボール　上』　高橋《たかはし》あこ・著

人を見て“眩しい”と思ったのは、翠に会った時が初めてだった――。高校野球部のエースをめざす響也は太陽みたいな翠に、恋をする。「補欠！　あたしを甲子園に連れていけ！」底抜けに元気な彼女には、悩みなんて１つもないように見えた。ところがある日、翠が突然倒れ、脳の病を患っていたと知る。翠はその眩しい笑顔の裏に弱さを隠していたのだった。響也は翠のために必ずエースになって甲子園へ連れていくと誓うが…。一途な想いが心に響く感動作。

ISBN978-4-8137-0277-1 ／ 定価：本体600円＋税

『太陽に捧ぐラストボール　下』　高橋《たかはし》あこ・著

エースになり甲子園をめざす響也を翠は病と闘いながらも、懸命に応援し続けた。練習で会えない日々もふたりの夢のためなら耐えられた。しかし甲子園行きをかけた試合の前日、突然、翠の容態が急変する。「あたし、補欠の彼女でよかった。生きててよかった…」そう言う翠のそばにずっといたいと、響也は試合出場をあきらめようとするのだったが――。互いを想い合う強い気持ちと、野球部の絆、ひと夏にかける一瞬の命の輝きが胸を打つ、大号泣の完結編！

ISBN978-4-8137-0278-8 ／ 定価：本体560円＋税

『三月の雪は、きみの嘘』　いぬじゅん・著

自分の気持ちを伝えるのが苦手な文香は嘘をついて本当の自分をごまかしてばかりいた。するとクラスメイトの拓海に「嘘ばっかりついて疲れない？」と、なぜか嘘を見破られてしまう。口数が少なく不思議な雰囲気を纏う拓海に文香はどこか見覚えがあった。彼と接するうち、自分が嘘をつく原因が過去のある記憶に関係していると知る。しかし、それを思い出すことは拓海との別れを意味していた…。ラスト、拓海が仕掛けた“優しい嘘”に涙が込み上げる―。

ISBN978-4-8137-0263-4 ／ 定価：本体600円＋税